學校是我們的
四乘四之後

安德魯·克萊門斯◎著
謝雅文◎譯

【推薦一】

找到自己「神聖的不滿足感」

親子作家　李偉文

我相信大家對安德魯·克萊門斯不陌生，因為他所寫的校園小說可以說是本本精彩，除了生動好看、貼近孩子的生活之外，幾乎每一本書都在解答一個孩子成長中會面臨的困惑與徬徨，提供青春期風暴的孩子透過故事梳理自己紛亂且無法被理解的情緒。

【學校是我們的】系列與過去克萊門斯作品最大的不同是，這是五本連貫的系列小說，透過青少年階段最喜歡的冒險、尋寶與解謎的故事，帶出了為公義挺身而出的行動。

美國的海波斯牧師（Bill Hybels）觀察到人在成長中有個重要

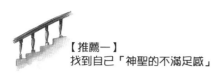

蛻變的時刻，他稱為「神聖的不滿足感」（Holy Discontent），也就是每個人在生活中都會有看不慣的事情，可是通常只是用嘴巴抱怨一番就過去了，然而當有些人在某些特殊情境下，產生「此事非我不可」的體會，並且願意行動與參與，這些努力與經驗，往往會改變這個人的一生，讓他往更美好與有意義的人生邁進。

美國教育學家威廉・戴蒙（William Damon）也發現，近代許多年輕人喪失了對生命的追尋，也許物質環境很好，學歷很高，但是呈現兩極化，一則對社會冷漠而疏離，另外就是憤世嫉俗，只會罵而不想現身參與。如何讓這些被卡住的年輕人重新獲得前進的力量，恐怕是當代新的課題與挑戰。在威廉・戴蒙研究與調查後認為，少數願意參與有意義活動的年輕人，他們能夠集中力氣勇於實踐自己的夢想，大多是在青春期曾經歷過以下幾個美妙的時刻：

一、曾經與家人之外的人有過啟發性的對話。

二、發現世界上有某些很重要的事可以被修正或改進。

三、體會到自己可以有所貢獻，並且形成一些改變。

四、獲得家人或朋友的支持，展開初步的行動。

五、透過行動有進一步的想法以及獲得所需的技能。

六、學會務實有效率的處理事情。

七、把這些行動所學習到的技能轉換到人生其他領域。

從【學校是我們的】這系列精采的小說中，可以很清楚的看到班傑明正一步一步經歷這幾個階段，也建構了自我價值與意義追尋的脈絡。

誠摯的盼望台灣的孩子看完這套小說後，也能如班傑明一樣找到自己的「天命」，一個自己可以有所貢獻的人生目標，當然，我

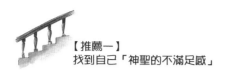

也希望每個有機會陪伴孩子的大人與師長，都可以成為給孩子帶來人生啟示的貴人。

【推薦二】

改變・祕密・故事的能量

新北市秀朗國小教師 羅秀惠

什麼？就在居住的社區附近要興建一座航海主題樂園！學校將因此搬遷重蓋，校舍也將煥然一新……對許多孩子而言，這真是夢寐以求的事！然而，就在暑假前一個月，班傑明原本平順的學校生活，卻因接受了學校老工友託付的一個金幣後開始改變。

透過班傑明的眼，我們彷彿看到愛居港這個濱海小鎮原本寧靜宜人的地景。隨著班傑明對自己居住地的歷史探索，我們似乎也身歷其境，甚至開始思考：對於每天生活的環境，我們是否因習慣而無感？難道非得到面臨變化甚至毀壞之際，才會驚覺自己對這塊土地的感情？才會思索這些改變的正當性與公平性？

故事的場景設定引人入勝，手機、網路、雲霄飛車、回家功課、考試、查資料、寫報告、友伴關係及同儕互動……無一不是現今孩子的生活寫照。作者細膩深刻的描寫，似乎是對讀者進行彼此同質性的一種宣告，極具感染力。

愈是祕密，愈想探索；愈是衝突，愈具吸引力。這是千古不變的道理。故事從書名開始就極具吸引力，《謎之金幣》、《五聲鐘響》等各集書名就足以引發預測的欲望，接著讓人想進一步窺見其祕密，引領讀者一步一步跟隨情節的高潮起伏，時喜時驚。

深諳此道的克萊門斯不遺餘力的創造了一個充滿謎題、看似線索雜沓的場景。他透過一個勇敢、冷靜、對生命充滿熱情、對社會具有使命感的小學生，抽絲剝繭的理出事件脈絡，令讀者不忍釋卷的跟著一路深掘探究；而書中孩子與大人間的互動關係，時而溫馨，時而緊張，就如同貫穿全書的愛居港海濱，有著溫潤宜人的海風，也同時伴隨著隨時可奪人性命的浪潮，波詭雲譎的情節，牽引著讀者一同探索真相、領略尋寶的刺激和解謎的趣味。

除了緊扣環保、校園等這些孩子較為熟悉的主題之外，作者更企圖以迷你蝦米（小學生）對抗超級大鯨（大財團）這種強而有力的對立衝突，引發讀者對社會正義的關注與思考，使本書在輕鬆筆觸的表象下，有著深沉的靈魂。而承載著如此巨大能量的，是對學校的熱愛，對朋友的信賴，對環境的期許，以及對生命的信念。這一切，都使這【學校是我們的】系列呈現出豐厚的底蘊，益發引人再三探索品味！

【推薦三】

各界好評推薦

安德魯．克萊門斯根本就是個聰明慧黠、充滿鬼點子卻又胸懷著體貼心和正義感的大孩子。他筆下的【粉靈豆校園小說】系列不只貼近青少年，同樣也引起成人讀者的共鳴，因為，誰沒有春青瘋狂過？更何況他的文字又如此有魔法，讓人往往不小心就一口氣看完，哦！不對，因為中途常會笑岔了氣，所以必須換氣啦！

光想到他的【學校是我們的】系列出版，我內心就非常興奮期待，因為這是安德魯首次為讀者撰寫更富吸引力、故事更具張力的連貫小說。他將引領讀者深入貪得無厭的財團滅校計畫中，跟著故事主角班傑明一起歷經推理、懸疑、艱困的過程，拯救他的小學。我相信讀者在享受安德魯絕對引人入勝的故事鋪陳之外，一定也會對大人世界裡複雜的土地徵收、官商勾結、環保運動和公民意識有具體的認識和了解。我相信對讀者來說，不管是大、小讀者，這將是很重要而且很受用的收穫！

來吧！歐克斯小學的大門已經打開了，班傑明即將發現創校者歐克斯船長在兩百年前的校園裡埋藏保護學校的祕密計畫，快點跟上腳步吧！

——飛碟電台主持人　**光禹**

【學校是我們的】是克萊門斯先生首次撰寫系列連貫的小說，共五集。故事主角班傑明在接受老工友臨死交託的一枚金幣後，和同學吉兒展開了搶救學校大作戰。這兩位主角關注學校的存廢並探究歷史真相，過程高潮迭起，還加入推理懸疑的元素。作者還以幽默風趣的對話呈現出兩位主角如何面對自己的擔心，以及如何害怕與假工友李曼之間的衝突，令人發出會心微笑。而主角堅持到底、永不放棄的決心與毅力也很令人讚歎和佩服。

閱讀本系列小說能感受到與平日生活不同的閱讀想像空間，喚起讀者的公民意識，提升觀察力、邏輯思考能力及豐富的閱讀經驗，並進而提升寫作能力，是一套值得推薦的系列小說。

——新北市新店國小校長 **吳淑芳**

這裡有吸引青少年的元素：懸疑、推理、解謎、冒險，情節引人入勝，在在增加了故事閱讀的樂趣。這裡有啟迪青少年的內涵：

勇敢、智慧、正義、友誼，讓新世代對社會不再冷感，能促進仿傚學習的動機。這裡還有額外知識上的收穫：帆船、航行、建築、設計，帶領讀者進入較為陌生的領域，開拓視野。

而我更欣賞故事中流露的歷史感，主角對學校因了解而欣賞，因欣賞而認同，因認同而捍衛，是一種與歷史接軌產生的情感與責任，既不濫情、也不理盲。

——臺北市士東國小校長、兒童文學作家 **林玫伶**

故事一開始就以富有懸疑性的情節展開！六年級學生班傑明無意間捲入一場貪婪開發的利益爭奪戰，改變了他的日常生活。

具有兩百年歷史和地標意義的學校在議會上做成決議，將被拆除出售改建成遊樂園。收到看守人臨死前託付一枚從一七八三年就流傳下來的神祕金幣，讓班傑明了解自己的使命——他必須為學生捍衛受教權利而戰。然而面臨父母剛剛分居的他，在心煩意亂之間，如何和同學合力以小蝦米對抗大鯨魚，為守護學校而奮戰？

在安德魯．克萊門斯的生花妙筆巧妙安排之下，讀者將迫不及待跟隨故事發展持續閱讀，解開謎團！

——【童書新樂園】版主 陳玉金

十年樹木，百年樹人。當我們的下一代沒有公民意識，不在乎社會公義、環境保護，甚或是將來長大成為只在乎金錢、追求奢華的財團、財閥時，我們終將為這功利主義的一代付出慘痛的代價。

安德魯．克萊門斯的小說一向充滿議題。【學校是我們的】這一系列小說，以孩子的眼光討論關於政商結構、環境開發、社會公義等課題。面對危險的「挺身而出」，或是安全的「逆來順受」，主角班傑明和吉兒會做出什麼樣的選擇？大人和小孩看了都可以好好的上一課。

——親子作家 陳安儀

一枚從工友金先生手中接過的金幣，使書中主角班傑明「為學校而戰」的信念開始萌芽。捍衛學校的過程中，他不僅體察到對自我、對環境複雜的感受，並一步一步釋放主觀的對錯評價，更從學校創辦人歐克斯船長與吉米、湯姆、羅傑等工友對學校存在的堅持中，學習到金錢與權勢並非幸福的絕對要件。

學校是傳授知識和價值體系的場所，安德魯．克萊門斯巧妙的藉由班傑明守護學校的系列故事，闡述了守護存在時間之外的永恆，而「信心帶來改變」的美好價值也在其中不言而喻了。

——臺北市興華國小教師 **黃瀞慧**

一枚金幣揭開了橫跨兩百年的學校創校歷史。老校面臨被拆毀的命運，兩個孩子意外成為「學校守護者」，他們從被動到主動積極，使原本平淡無奇的校園生活，開始注入懸疑緊張、充滿探險精神的不凡經歷。

作者藉由主角班傑明表現出孩子的純真特質：

一、忠誠：願為理想而戰，始終堅定不移。

二、勇氣：以弱擊強，以小搏大，雖然害怕但謹慎行事且意志堅定不動搖。

三、承擔：願意為理想付出代價，雖然遭受超過負荷的壓力與恐懼，仍勇往直前。

四、機警聰明：在謎霧中探索，發現關聯，一步步解開謎團，帶讀者經歷這推理解謎的過程。

——臺北市文化國小校長　鄒彩完

一枚古老金幣突然的出現，帶出一個古時候的怪異船長，他精心布下了五個關鍵性的謎語，在一所即將消失的學校裡，引發了兩個熱血少年投入了一連串懸疑、推理、冒險、突圍的行動裡。

傳說和歷史糾結，親情和正義矛盾，一對勇於冒險的心靈，在面對千迴百轉的疑慮與挫折中，慎重的思考著如何平衡家庭的親情，腳踏實地的處理法律的幽暗難題，再進一步去護衛環境與土地的正義。原來夢不遠，就在心裡，就在日常的行動裡。

在擔心中，忍不住一頁一頁的看下去；在疑惑中，不禁想著事情原來可以換個方式來處理。在這一系列小說中，為著美麗的海岸，為著屬於孩子們的學校，為著保守美麗的夢想，我們學會了堅持，更學會了思考和判斷的能力；我們學會了實踐，更學會了細心探索與按部就班的行動。

——新北市私立育才雙語小學校長 **潘慶輝**

【前言】

給中文版讀者的一封信

親愛的讀者朋友們：

以前我寫過一些故事連貫的書，不過，【學校是我們的】這個系列是我第一次計畫好一個長篇故事，並且已經預先知道要把它分成五集來完成。這樣的寫作計畫和寫一本獨立的小說（單本有開頭、中間和結尾）是不一樣的。系列裡的每一集都要有自己的開頭、中間和結尾，每一集本身則必須是一個完整而圓滿的故事；然而，每一集卻也必須在這整個長篇裡往前並往上推進這個故事，一直推進到最後一集的最後一刻。

這個系列的寫作想法是緣於我對老事物的喜愛，像是老建築、老工具、老機器、帆船、寫字用具、導航器材等等。這個故事的核心問題是：搶救一棟即將被拆除且土地將被變更為商業使用的歷史建築。這是目前全世界都在面臨的掙扎。我非常喜歡今日人們在各個領域創造出來的新發展，但是，我仍然希望我們可以在創造這些進展的同時，不要毀掉過去留下來的美好事物。

我希望它是個冒險故事，是過去的冒險，也是現代的冒險。我試著把書中的角色和事件寫得更有真實感，像是會在現實中發生。就在上星期，有一對住在加州的夫妻在他們家後院挖掘出八桶一共價值一千萬美元的金幣。這件真實人生中的尋寶奇遇如此驚人，比較起來，我虛構的這些角色所做的精彩冒險，簡直太乏味了！

我在寫作時總是問自己：如果孩子、家長和老師讀了這本書，讀完之後會不會覺得花的時間很值得？我要很高興的說：對於這五本班傑明・普拉特的冒險故事，我相信答案是肯定的。

獻上我所有最美好的祝福。

安德魯・克萊門斯

二〇一四年三月

學校是我們的 四乘四之後

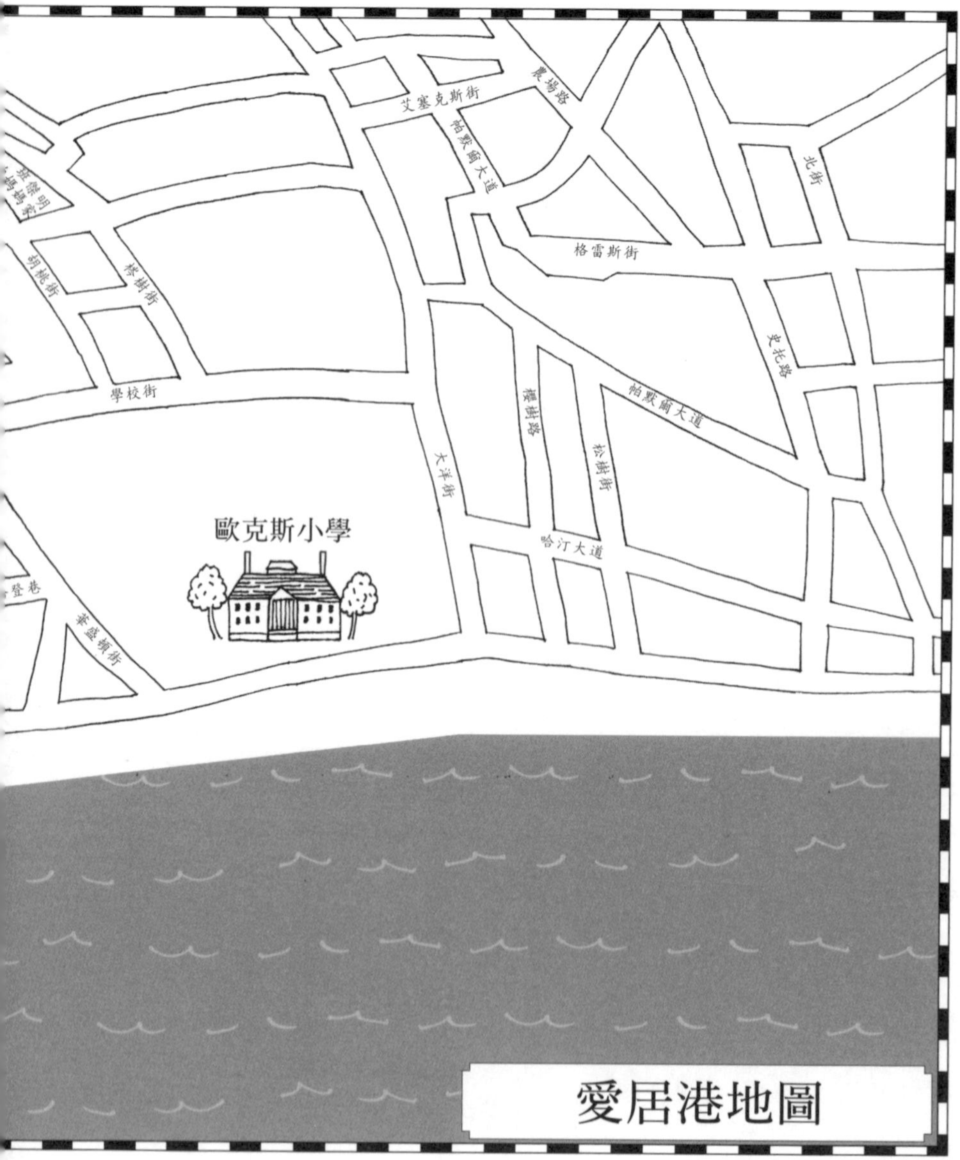
艾塞克斯街
農場路
帕默爾大道
北街
班傑明
格雷斯街
胡桃街
史托路
學校街
櫻樹路
松樹街
大洋街
歐克斯小學
哈汀大道
華盛頓街
愛居港地圖

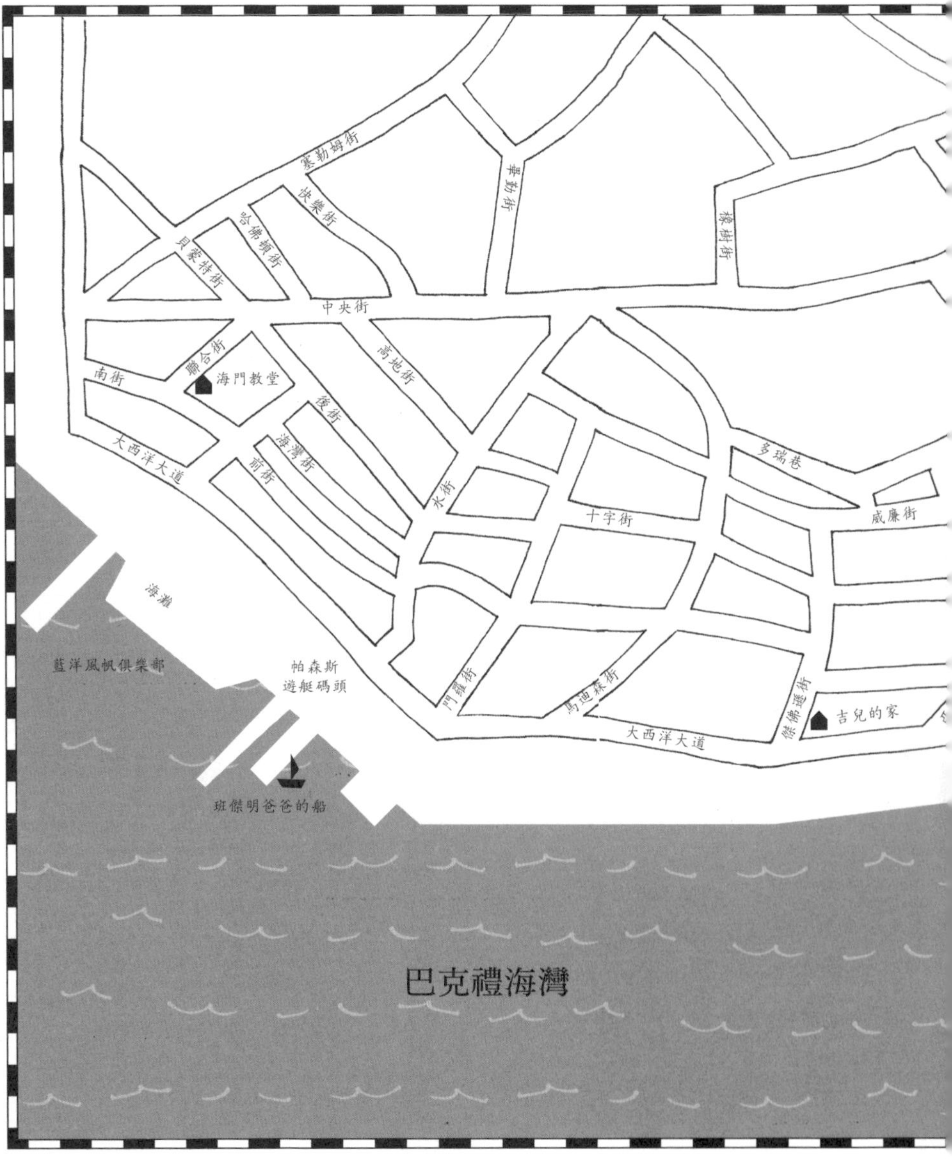
塞勒姆街
畢勒街
橡樹街
快樂街
哈佛頓街
貝蒙特街
中央街
聯合街
海門教堂
南街
高地街
後街
海灣街
大西洋大道
前街
水街
多瑞巷
十字街
威廉街
海灘
藍洋風帆俱樂部
帕森斯
遊艇碼頭
門羅街
馬迪森街
傑佛遜街
吉兒的家
大西洋大道
班傑明爸爸的船
巴克禮海灣

1 直接命令

我一定是瘋了！

兩小時前，班傑明・普拉特坐在沙發上，腦中突然閃過一個點子。當時他和媽媽正在看《海鷹》（*The Sea Hawk*），這是一部老式的冒險大片。電影裡的主角梭普船長可猛的呢！大帆船互相發射大砲，拿著手槍和短彎刀的海盜殺個你死我活，而梭普船長總是穿梭在打鬥最激烈的戰場。即使最危急的時刻，他也絕不喪失希望，並且一而再、再而三的冒險犯難。

班傑明心想：哎，那畢竟是電影啊。

因為現實生活中，他在星期五晚上十一點四十五分所做的每件事才是冒險。他當時站在歐克斯小學東北角落的門外，從頭到腳穿了一身黑，活像個六年級的忍者刺客；媽媽還以為他在床上睡得正熟。他不僅沒睡，還準備犯下一起案件：非法入侵。

這個嘛，其實也不算非法入侵啦，因為他有鑰匙……前提是要找到對的那一把。他不敢開手電筒。門邊有個髒髒的提燈，提燈裡的省電燈泡投射出比光線還要多的影子，或許這是件好事，畢竟他在做偷雞摸狗的勾當。鑰匙試了一把又一把，鑰匙圈也不停的叮噹響。他喜歡外頭傳來的海浪聲，浪潮拍打著二十公尺長的海堤，發出低沉連續的聲響。他用舌頭舔了舔門牙內側，這是他緊張時會有的習慣動作。

吉兒一定會氣炸的。九天前，班傑明的人生整個亂了套，而吉兒是他唯一能求助的朋友。她不會氣他偷溜進學校，反倒會因為他沒找她一起去而生氣。這個嘛……真糟糕。但是前幾天晚上，她跑去校園南邊拔掉測量土地的木樁時有找他嗎？沒有。

不過話說回來，如果她**真的**找他同行，他可能會想辦法勸她別這麼做；同樣的，吉兒也可能會想辦法叫他不要溜進學校。但自從金太太把她丈夫的鑰匙交給他後，班傑明就想用鑰匙想得要命。

實在**想得要命啊**……想到這裡，一抹微笑浮現在他的嘴角，不過只有一秒。這個玩笑真令人心裡發毛，因為學校工友金先生在八天前真的沒命了，而在他過世的幾個小時前，他要班傑明發誓會盡力搶救歐克斯小學。金先生把一枚金幣交給他，上面刻著：「如果遭到攻擊，就從上層甲板的船中央往北北東看。」翻到金幣背面則刻著：「我的學校由始至終屬於孩子們。為它而戰。鄧肯．歐克斯，一七八三。」

這項指令來自歐克斯船長本人……班傑明心想：「這麼一來，今晚我就不算小偷啦。我是學校守護者的一員，我是在遵從學校創辦人的直接命令。」

學校需要有人捍衛。這棟大樓從獨立戰爭前就一直矗立在巴克禮海灣旁，歐克斯船長在一七八三年將它改建成學校。不過，學校在三週內就會被錘球砸成碎片，愛居港的大半歷史將在一天之內摧毀。這是為了什麼？為了用學校海濱的土地建一座又大又吵的主題樂園。

想到這裡，班傑明就咬牙切齒。這麼一來，他今晚要做的事好像就沒那麼過分了，因為他進去不是為了搞破壞或偷東西，只是要進去看一看、找一找。這棟建築裡藏滿了祕密，那些從一七八〇年代就一直藏在這裡的東西，說不定能保住學校不被拆毀，也能讓這個港灣不會淪為敲遊客竹槓的度假勝地。

「不可以！」

班傑明嚇得不敢動，然後往右邊瞄。

有個女人站在學校前面堤防邊的人行道。她正對著一隻灰色小貴賓狗吼叫。這隻小狗沒繫鏈子，不停繞圈圈。那女人沒看到班傑明……不過這小狗可能是個威脅。

班傑明慢慢往右移動，離開門和幽暗的燈光。他緩緩跪下，然後在牆邊的陰影處攤平身體。門階雖然是一塊很寬的花崗岩，卻只有十五公分高。但有東西擋住總比什麼都沒有好吧！他的心臟噗通噗通跳，一動也不動的趴著，緊閉雙眼，努力屏住呼吸。

「汪！……嗚嗚嗚嗚……嗚嗚嗚汪！」

班傑明有養一隻叫做尼爾森的小科基犬，他知道狗叫聲代表的意義。這種叫聲表示擔心，或憤怒。他睜開一隻眼睛。

小狗飛奔過草坪朝他衝過來。

「汪汪汪！汪汪汪汪！汪汪汪汪汪！」

牠停在他面前幾公分處齜牙咧嘴、拱起肩膀，隨時準備突襲。

「汪汪汪！汪汪汪汪！」

班傑明從牠的口氣中聞到狗食的味道。他想像自己臉上布滿小小的咬痕被推進警車後座的畫面。

「麵麵！**壞孩子**！給我回來！」

那女人拍了兩次手，麵麵這隻忠實的看門狗只好撂下最後一聲憤怒的「汪！」，才踩著小碎步離去。

女人繫好狗鏈，牽著狗往南走。

危機解除後，班傑明的第一個念頭是：「我該回家了。」躺在地上的他還在顫抖。

不過說真的，還有什麼時候比現在更適合搜索校園呢？他帶了備用的手電筒電池，可以不受打擾的探索好幾個小時，沒有老師，不必上課，也沒有李曼。

李曼先生。

陣亡將士紀念日的週末連假才剛開始，所以就算今晚沒有來學校，班傑明也有整整三天不必和李曼交手，這還真教人鬆了口氣。金先生過世之後，這位工友助理就緊黏著他和吉兒，不肯錯過他們的一舉一動。這個傢伙就像口臭一樣如影隨形，而且還是堵住你鼻孔的那種，一堵就是好幾天、好幾個星期。

想到李曼，班傑明站了起來。他掃視港灣那頭，看看這大半夜的還有沒有人來。都沒人了。

他慢慢移回燈光下，趕緊將另一把鑰匙插進鑰匙孔裡試試……插不進去。再試一把……也不對。

他們現在是公開和李曼槓上了。表面上李曼是學校工友，實際上是在為葛林里娛樂集團（就是遊樂園興建案的幕後推手）工作。

班傑明又試了另一把鑰匙……不行。

幾個月前，李曼聽到金先生咕噥著什麼祕密計畫，說是可以阻止學校被拆；李曼也得知班傑明是金先生去世當天最後一個在學校裡和他講到話的人。後來他又發現班傑明和吉兒在校園到處窺探。

他們上課前在圖書館和他攤牌……那真的是**今天**早上才發生的事嗎？

班傑明搖搖頭。星期五的早晨彷彿是一百年前了。今天早上互嗆之後，李曼才得知班傑明和吉兒對他瞭若指掌，他們早就知道他是葛林里集團派來的間諜。

班傑明和吉兒對決李曼先生——歐克斯小學真是暗潮洶湧啊。到目前為止，李曼還不知道他們在找什麼，也不清楚他們究竟找到了什麼。可是他疑神疑鬼，而且疑心病把他搞得……很煩。

也許是**這把**……不對，差遠了。

班傑明冷笑了一下。他和吉兒**真的**找到了一些東西。他們破解了金先生硬幣上的暗示，找到一把鐵製大鑰匙，最重要的是還找到了一組線索，是關於藏在校園的物品，就是用來保衛學校的「保護裝置」。

解開第一道線索並不容易，不過他們已經找到第一個保護裝置了。那是份祕密但書，是一份更改船長遺囑初稿的文件。這麼說來，他們確實有所斬獲……可是李曼讓搜尋計畫變得愈來愈困難，而且還得好好保守祕密。

吼！這麼多鑰匙，而且那隻笨狗害他忘記剛剛試過哪幾把了。

再試三把，班傑明對自己說。現在快半夜十二點了，再試三把要是都轉不開，他就回家。反正明天晚上可以再溜進來，對吧？

第一把完全插不進鑰匙孔。

第二把……**太棒了**，完全吻合！可是轉不動。

換第三把……根本不搭。

那就這樣吧。

班傑明聳聳肩，轉身準備回家。他確實很努力，也大膽嘗試過。他真的盡力了，真的。

他穿過校園，走進樹林濃密的陰影下，這時《海鷹》裡的梭普船長浮現在他腦海中，接著他又想起學校創辦人歐克斯船長。

他停下腳步，再次轉身。他發過誓要盡一切努力來拯救這所學校。他環顧四周，匆匆爬上門階。

他試了另一把鑰匙，一把、一把、又一把，但沒有一把插得進鑰匙孔。

然而他說什麼都不放棄。再試了十六次之後，一把鑰匙終於滑順的溜進鑰匙孔，他轉轉看……轉動了。他把門推開。

他轉頭回望，吸了最後一口涼涼的夜晚空氣，然後踏進屋裡。門在他身後喀嗒一聲鎖了起來。

2 有練過

班傑明一進屋內就停下腳步。他在昏暗的燈光下仔細留意剛剛用的那把鑰匙，這可是個重要訊息。

他一隻手仍抓著門上的防護橫桿。校園裡不算溫暖，他卻汗流浹背，嘴巴好乾。假如他把橫桿一推，再退後個幾步，就又回到戶外了，而且可以十分鐘就回到家、上床睡覺。

不行。

他今晚溜出家門，這樣整間學校就屬於他一個人，他想在裡面探索多久都行。現在他的機會來了。

可是……或許應該戴上橡膠手套。

這個念頭真蠢。他的指紋早就遍布學校了，吉兒和其他幾百個學生的指紋也到處都是。

會不會有防盜系統？……說不定警察正在趕來這裡的路上。

但他在校園裡沒有看見任何攝影機或感應器，而且他檢查得非常仔細。自從他和吉兒發現李曼偷偷造訪過他爸爸的帆船，他們就開始四處留意麥克風、視訊攝影機或各種看起來可疑的電子器材。

這下他沒藉口開脫了。學校裡根本沒那麼暗，幾乎比戶外還要亮。每扇門和每條走廊入口都有發光的紅色出口標誌。

雖然他對每個保護裝置的線索幾乎倒背如流，還是從口袋裡掏出摺好的資料小卡。他打開手電筒，用拇指蓋住大半光源。讀線索時，他發現自己的手在發抖。

五聲鐘響後，請你來入座。
四乘四之後，再上踏一步。
經過三個鉤，一個是黃銅。
潮水轉兩圈，有人走進來。
一顆靜止星，地平線遠去。

兩天前他們破解了「五聲鐘響」的線索，也找到歐克斯船長的遺囑但書。那一小張羊皮紙或許威力無窮，但是一出手勢必天下大亂。**那麼做**也表示向葛林里集團公開宣戰，他們將會出動律師團、撒錢、耍政治手段，到時就不只要對付李曼了。

所以他們的計畫是繼續找下去，他和吉兒是這麼決定的。尋找保護裝置的指示很清楚，是要依序一個接著一個找。那麼⋯⋯

四乘四之後，再上踏一步。

他們曾討論過這條線索。「四乘四之後」，就是十六，「再加一」就變成十七。這道數學題簡單得離譜！

那「再上踏」這部分呢？可能……也很簡單，因為「踏」這個字嘛……對，就是「踩過」的意思！但也可能表示踏在樓梯上，踩過平平的那個部分。這也是為什麼班傑明往右轉，面向圖書館的主廊，朝北面樓梯走去。學校裡沒多少需要踏十七階的地方，不過如果線索是指這個意思，他總得找個地方起頭調查。

他聽著地板咯吱作響，加上自己腳步聲的回音，他一個人大半夜的待在空蕩蕩的學校裡，感覺好奇怪。

不過他不害怕，不算真的害怕啦。沒錯，他的心跳比平常快，但他沒事……好得很。獨自待在暗處對他來說從來不是問題，只要別想起恐怖電影就好。

班傑明把這個念頭拋在腦後，在北面樓梯的一樓起始處推開安全門。正前方有一段約兩公尺高的樓梯通往樓梯平台。他把手電筒的光當作投影筆，開始數階梯……有十階。

他爬上樓梯平台，左轉再左轉，數著通往二樓的階梯……又是十階。一共二十階，走二十步。

他從樓梯平台往上走六步，然後再走一步，站在第十七階上。

「四乘四之後，再上踏一步。」

他用全身的重量往第十七階踏，再仔細聽看看有吱嘎聲、喀嚓聲或啷噹聲。什麼可疑的聲音都沒有。

他跪在第十五階上，身子向前傾，靠著手電筒的光檢查第十七階；他的鼻頭都快要貼到地面了。

那是一塊長方形實心木頭，某種橡木吧，他對這方面懂很多。木頭超硬的，因為被人來來回回踩了兩百多年，但它幾乎完全沒有磨損，每一階樓梯都沒磨損。他檢查圓圓的邊角，輕敲階梯後方垂直立著的木板，檢視每個釘子頭、每個木頭紋理上的節瘤或細紋。

沒什麼異常。第十七階和第十八、十六、十五階完全相同，它們全都一模一樣。

不過他也才試了一段樓梯而已，也許線索在南面樓梯。還是說……也許他該從二樓算起，爬到三樓。再不然……也許應該從三樓算起，往下走十六階，然後再往上跨一階。可是……這樣就不叫「再上踏」啦，對吧？

嗯。

可能性太多了，但他有的是時間。最合理的辦法就是……

在他前面口袋的手機輕快的震了兩下，是一則新簡訊。他掏出手機，盯著藍藍的螢幕：

馬上回家。你媽咪會在十二點零九分起床。

我媽咪?!

寄件人的姓名和電話都未顯示。這時手機又開始震動，震呀震不停。

不是簡訊，是有人打電話來。這次，來電者的身分清楚得不得了：**愛居港警察局**。

班傑明這下慌了。

他一次跳三階下樓，衝過安全門，在地上滑行然後狂奔。他一衝上通往新大樓的堤道後又右轉，奔向第一個出口。他衝出戶外，差點一頭撞上歐克斯船長的花崗岩大墓碑，它就位在操場正中央。他調整路線，朝家裡直奔，跑離路燈照亮的小徑中央，準備在需要的時候可以隨時躲進樹林。

他手裡仍緊握著手機，現在是十二點零五分。

他穿過學校街，街上一輛車也沒有；可是到了胡桃街，離他仍有半條街遠的地方，有輛車向他駛來。他一分一秒都不願浪費，但萬一那是警車呢？想到這裡，他只好先躲進灌木叢。

車子呼嘯而過，只是一輛白色轎車。他又開始狂奔，感覺金先生沉重的鑰匙圈在他黑色連帽T恤的前口袋裡彈跳。到了中央街，他在一輛大運動休旅車的陰影下躲個近一分鐘，等路上車子開走。

等到離家兩棟房子的距離，他放慢腳步，開始用走的。要是他回家太大聲會驚動尼爾森，然後這隻狗就會吠叫得響徹雲霄。

班傑明此時正在廚房門外，輕輕的發出親吻聲，並說：「尼爾森乖，是我啦！」

他聽見門後傳來狗狗認識熟人的輕柔哀鳴，接著慢慢開門，走進屋內。「不准動喔，尼爾森，待在那兒不准動。」

班傑明脫掉鞋子和衣服，從掛在掛鉤上的帆布購物袋拿出他留在裡面的睡衣換上。他渾身是汗、寒顫連連，匆匆把整套忍者裝塞回袋子裡。

現在最困難的挑戰來了。他赤腳走上閣樓的臥房。他們家是在一八二〇年左右建的，雖然比學校年輕將近八十年，卻沒有建得比較好，地板**嘰嘰嘎嘎**響得厲害。

班傑明緊貼著通往廚房的走廊牆壁，在衣櫃前停下腳步。他把門慢慢拉開，將裝了衣服和鑰匙的袋子塞到外套後面。直到關上衣櫃，他才想到：手機沒拿！於是又打開衣櫃，在袋子裡東翻西找，終於找到了。

這些年來（多半是聖誕節前後），班傑明仔細研究過前樓梯，最底層那階踩下去超大聲的，所以他直接跨過去。接下來那三階，只要貼著右邊的牆走，頂多啾啾響個幾聲。第五階又是個大嗓門，第六階更是吵翻天。他得跨過第五階，踏上第六階的最左邊，把重心盡量往扶手壓……嘰嘰嘎嘎……無論怎麼小心，它總是這樣叫。

他停下腳步、憋氣……媽媽的臥室沒傳來聲音。

他貼著左牆再走三階，然後跨過最頂層的階梯，來到二樓的走廊。他往左轉，躡手躡腳的緊貼著牆。

他的呼吸變得比較順了。他瞄了手機一眼：十二點零九分。

鈴鈴鈴鈴鈴！

家裡的電話響起，他像被黃蜂螫到一樣嚇了一跳，躍過最後約一公尺的路，到閣樓門口，衝上狹窄的階梯，躲進被窩。

他的心怦怦直跳，努力拉長耳朵聽。媽媽在講話，之後是沉重的塑膠話筒掛回基座。

媽媽臥室門吱嘎的打開，走廊燈亮了，一道光透進他的房間。

「班傑明？……小班？」

「啊？什……什麼事？」他不用費太大勁去假裝疲憊或擔心。

「哦，沒事啦，寶貝。只是想看你好不好。繼續睡吧。」

「好。媽，愛你唷。」

「我也愛你。晚安。」

他躺在軟綿綿的床上，心跳慢了下來。等呼吸平穩之後，他聽到海風窸窸窣窣的拂掠過窗外新長的楓葉。屋內又靜了下來，他覺得很有安全感。但他還是得面對一些討人厭的難題。

那則簡訊？一定是李曼發的，不然還有誰？

但他怎麼有辦法讓警察打電話給他，又怎麼有辦法假扮警察？他一定有班傑明的手機號碼，反正只要去學校的保健室，很容易就能從緊急聯絡卡上抄到資料……

但是那傢伙怎麼知道他人在**那裡**，在學校？

他是不是躲在校園的某個暗處，和警察一樣暗中監視？似乎不太可能……

無論那個人在哪兒，他**就是**知道班傑明人在學校。

有個合理的解答：李曼在準備度過漫長週末連假前，先暗中架好了保全系統，像是大門警報器……說不定還裝了攝影機。這表示李曼可能拍到他偷溜進學校的照片，甚至影片……

至於打電話給他「媽咪」，拿他媽媽當武器對付他？這招也太低級了吧……不過真的很管用。

吉兒。

班傑明在心裡呻吟。也許這些事不用跟她說……不行，還是得說。可是她一定會對他大吼大叫。

吉兒從一開始就說絕對不能小看李曼。他是個訓練有素的高手，集團旗下的正牌間諜，有大筆預算和眾多管道購買各式各樣的器具和裝備。

他心想：這個嘛，**我們**也有預算啊。

沒錯。先前班傑明在金先生的喪禮上遇見湯姆．班登。他曾在歐克斯小學任職，是金先生上一任的工友。湯姆已經退休了，班傑明幫他找回一個生鏽的釣具箱，裡頭裝滿了稀有的古老硬幣。只要他們需要，把所有的反間諜設備全買下也綽綽有餘。如今湯姆是學校守護者的正式財務管理人。

班傑明臉上浮現出笑容，因為他想到吉兒之前接到他電話，知道硬幣的事時說：「酷斃了！或許**我們**可請個間諜來監視李曼！」

顯然，守護者們需要一**點什麼**來扳平戰局。

來一場勢均力敵的戰爭吧。

班傑明喜歡這個想法，這個好點子可以讓他高枕無憂。

他伸伸懶腰，打了個哈欠。

好呀，李曼先生，雖然你很狡猾又經驗豐富，還贏了今晚這一仗，但我們之間的小戰爭開啟了嶄新的一頁。好戲才剛上場呢。

3 放一天假

班傑明目瞪口呆的站著，下巴都快掉下來了。他的視線從爸爸臉上飛快移到媽媽臉上，然後又移回碼頭北邊的沙灘。

「真的嗎？」他喘著氣說：「我的意思是，**真的是給我的？**」

他爸媽又點點頭，兩人都笑容滿面。班傑明衝過木板長堤，奔到盡頭後又停下腳步，跑回來先摟著媽媽，再擁抱爸爸。

「謝謝！這真是……真是**太棒了！**」

他又跑開，這回從長堤往沙灘上跳。最後二十公尺全速衝刺，那頭的高水位線上有輛兩輪推車，車裡裝了一艘帆船，他的帆船。

他快速掃瞄船身，雖然不新，但狀況很優，是玻璃纖維材質，沒有髒汙、斑駁或裂痕。舵柄和活動船板是黑色環氧樹脂做的，設備高級又乾淨俐落。他往船邊沙地一坐，抬頭看船底，白色的膠滑滑亮亮。再往甲板看，長長藍色帆布收納袋好乾淨……太乾淨了！

爸媽走過來，他抬頭指向收納袋。「這是……」

「對，」爸爸說：「全新的。船身和推車是我找的，主桅桿、橫桿、撐帆桿和比賽用的風帆是你媽挑的。一流的裝備給一流的帆船好手。」

班傑明必須把自己的情緒往肚子裡吞。這艘船棒透了，是他自己的樂觀型帆船！但令他哽咽的不是這個，而是爸媽一起合送他這份禮物。他們已經分居超過兩個月了，卻為了他一起這麼做。

「這真的太貴重了！」

爸爸搖搖頭。「你早該得到它了。」

「就是說呀！」媽媽說：「把它當作送給寶貝兒子的生日禮物加聖誕禮物吧。」

「也許還得當作**明年的**生日禮物加聖誕禮物。」爸爸補了一句。

「那，我可以搭船出海了嗎？」班傑明問：「今天可以嗎？」

「當然可以，」爸爸說：「不過你得先完成幾件家務事。」

班傑明給了媽媽一個擁抱。「媽，再次感謝。這太讚了，有史以來最棒的。」

「寶貝，不客氣。現在我得走囉，這一整個星期想聯絡我都沒問題，好嗎？如果哪天放學後想要過來，跟我說一聲就行了。」

他點點頭。「好。」

可是班傑明不清楚放學後到底可不可以去找媽媽。爸媽已經協議好他該住哪裡：他每隔一星期就要換地方住。這星期輪到他和爸爸住，住在碼頭他們家的帆船上……或者現在算是**爸爸的**帆船？

媽媽對班傑明微笑，又尷尬的對他爸爸點了個頭，然後轉身越過沙地，朝停車場邊的木階梯走去。

她要開車回家了……或者現在算是**她一個人的**家？

每個星期六他必須向爸爸或媽媽道別。每次道別都讓他心痛，而且是什麼也止不了的心痛。連新的帆船也不行。

班傑明看著爸爸。「那，可以先把船留在這裡一下嗎？」

「我跟凱文說了，我確定你今天下午想要乘這艘船出航。他會幫忙看著，我也在儲藏室給你留了個位置。租金一個月十五美元，有夠划算的。六月算我的，但之後就得靠你自己囉，可以嗎？」

「沒問題，爸，太棒了。謝謝。」

這艘帆船是個天大的驚喜……雖然媽媽陪他下車又走上長堤似乎**有點**奇怪；平常她只會在碼頭警衛亭附近的大門放他下車。

「來吧，把你的東西搬到船上。」爸爸縱身一躍跳上長堤，然後向下伸手，把班傑明拉上來。「今天沒有很多家事要做，只要把甲板的金屬部分擦亮就行了。你從家裡出發前吃過午餐嗎？」

班傑明感覺爸爸說「家裡」這兩個字之前稍微停頓了一下。

「吃了。」

「那你動作快的話，馬上就能出航了。我去拿你的行李。」

「沒關係啦，我自己拿就好。」班傑明說。

「好，那船上見。」

班傑明走到剛才放行李的地方。他揹起背包，拎起他的綠色帆布圓筒袋。裡面裝了一星期份的乾淨衣物，他才走十步，就希望爸爸幫他拿。然而他剛剛在最後一刻把金先生那串鑰匙扔進袋子的最上面，萬一爸爸看見、甚至聽見鑰匙匡啷響，他就很難解釋了。

他走上浮動碼頭，回想起昨晚的校園歷險記。要是被人發現，今天在海灘就**不會**有這幕「這艘新船送給你」的快樂場景了，儘管如此，他還是希望昨晚有時間探一探南面樓梯。學校裡不是還有其他樓梯嗎？他努力回想學校圖書館那本書裡畫的圖，就是那張學校結構圖……哎，想不起來啦！

他轉向和「時光飛逝號」並排的狹小通道，決定把那一切都拋諸腦後。今天，他班傑明．普拉特**不要**當學校的守護者。現在是陣亡將士紀念日的週末假期，陽光普照。

今天他只是個開心的小孩，爸媽合力送他一艘專屬他的帆船。他值得放一天假，大海也正在等著他。

4 波濤洶湧

氣溫將近攝氏二十七度，天空中只飄著幾朵高高的白雲，西南方吹來時速十八公里的穩定微風。這是班傑明的樂觀型帆船首次出航的完美條件。他向爸爸揮手，爸爸在停泊於碼頭一半處的時光飛逝號甲板上看著他。

他涉水走了約九公尺，雙手抓著舷緣，兩眼盯著風帆和海浪，等待推船下水和跳上船的最好時機。海水很冰，但他幾乎沒察覺。

「嘿，班傑明！喲嗬！」

慘了！

是吉兒。他們約好星期六下午在他爸的船上見面，但他根本忘得一乾二淨。

「嘿，嗨，吉兒。」

班傑明拖動船頭，使它迎風，任船帆隨風飄動。

他以為自己把失望掩飾得很好，但吉兒才花半秒就猜中他的心思。他開始拖船走回沙灘，她卻舉起手來。

「沒關係啦。我試著打電話給你，可是你都關機。」

「哦，對……抱歉。」

其實他是故意關機的，這樣才不必向她解釋昨晚的事。再說，他也不喜歡那種李曼隨時可能打來或傳簡訊給他的感覺。

「這樣好了，」她說：「我晚點再來，三點左右好嗎？」

這主意真棒，反正她家離這裡只有幾條街遠。但當她轉身開始穿越沙灘，班傑明又萌生另一個點子。

「嘿，」他喊著：「跟我一起出海吧。這是我的新船，我爸媽剛送我的。我是說真的，一起出海吧。」

「現在嗎？」她扮了個鬼臉。「不好吧，我……我又沒有適合的衣服或其他裝備。改天可以嗎？」

「我跟你說，你跑去船上向我爸要些裝備就可以了。那裡有超多東西適合你。只要花兩分鐘就好。」

吉兒開始往後退。「可是這艘船好……小喔。是單人用的吧？」

「對，比賽的時候是。但如果只是好玩，兩個小孩也坐得下。來啦，今天是出航的大好日子，你一定會喜歡。」

「我真的覺得不太……」

「除非你覺得太恐怖了……因為我也不希望你擔心還是什麼的

嘛。」班傑明一邊聳肩，一邊咧嘴笑。

吉兒瞪著他。

「你給我等著。」

她大步走過碼頭，往上爬，再小跑步奔向帆船。班傑明看見她在和他爸爸說話，然後爸爸走下船艙，她尾隨在後。

時光飛逝是一艘十公尺長的高低桅小帆船，是他爸在結婚前買的。現在要讓船經得起風浪，可得花很多工夫。儘管如此，他們家在過去幾年的暑假仍開著這艘船做長途旅行，有一年還一路開到新斯科細亞。那時他們**還是**一家人……

想到這裡，班傑明又難受了，可是實在沒辦法，這種事就是會不斷跑進他的腦袋。

他托住樂觀型帆船的船頭，望向北邊海岸，目光停在歐克斯小學，那是愛居港水濱最大的建築物。現在他唯一心願是乘著新船簡單繞海灣一小圈，在這一個多小時不去想那所學校。可是吉兒一出現，一切又湧上心頭，他們過去九天應付的所有難題再次浮現。

如果學校被拆，「大船樂園」會是那座新主題樂園的名字。

事情怎麼演變到這一步，還有葛林里集團的律師又怎麼狡猾的規避歐克斯船長的遺言，這些班傑明都更明白。其實很簡單，就一個字：錢。他們先撒了三千五百萬美元，又承諾未來會財源滾滾，有一堆就業機會、蓬勃的旅遊業、更多稅收，有**數不盡**的錢。

他並不是和錢過不去……沒有錢，他又哪來的新帆船呢？不，這和錢本身無關。問題出在錢是怎麼用的。因為一些美好而有用的東西將被摧毀。真正的歷史會被抹滅，取而代之的是虛構的歷史，外加噪音、汙染，還有其他許許多多的改變。

班傑明也覺得他開始了解歐克斯船長了。他在這個地方傾注所有心力，想必是體認到這所學校是他畢生最重要的成就吧。班傑明可以理解這個男人為什麼想確保學校永遠維持現狀，他打算將學校留給全鎮的每一位居民。對，表面上它是所學校，但它也是美麗且未受破壞的一段海岸線。大家可以自在的來這裡釣魚，週末時甚至可以在校園的土地上野餐，完全不用支付任何費用。

而葛林里集團要在這裡架起圍欄，把一座大型水泥長堤推進港灣，在上面搭起巨型摩天輪和其他各式各樣的遊樂設施。

班傑明搖搖頭。實在很難不感到洩氣，他們的勝算極低。

至於李曼呢？他是他們最大的麻煩，尤其是現在。因為他知道他們正在校園裡搜索，而他也很清楚，**他們**知道**他**什麼都曉得。

但願有什麼方法可以……

「那我要坐在浴缸的哪裡？」

班傑明猛然看回沙灘，吉兒正手插腰站在那裡。她穿了一套他的舊防水裝，頭戴褪色的紅襪隊棒球帽，又套了件亮橘色救生衣。

「說我的船是浴缸，看來你想泡澡了。」班傑明半開玩笑的笑著說。「首先呢，我們得把船移到水夠深的地方，才能出航。」

「你是說，用**走的**？」

「不然用飛的嗎？」

「可是……這樣我的腳會弄溼耶。」

「開小船和弄溼身體，差不多是同一件事，」班傑明說：「你會習慣的。」

「聽起來挺酷的。」

現在正在退潮，所以就算把船從岸邊推了十二公尺左右，海水仍然只有六十公分深。微風大多沿著沙灘往北吹，所以還沒有什麼海浪得應付。班傑明把舵固定好。

「好了，現在上船吧！」他們一同跳進船裡，接著他把活動船板推入槽中，邊指邊說：「坐在船板上，小心你的頭。」他順著風帆底部輕敲一根鋁柱。「這叫做帆桿，經常晃來晃去。它快經過你的頭頂時，我會提醒你一聲，但你自己也要注意。」

「是是是，船長。」吉兒說。

她在取笑他，但班傑明不介意，從來沒人叫他船長呢。現在這稱呼一點也不假，他正為自己的船掌舵——班傑明．普拉特船長！

他迅速推了舵柄幾下，調整船身的角度，讓風帆的受力面更大。他鬆開一點繫帆索，讓微風把風帆吹得又緊又順。小船就這麼在海浪中前行，沒多久他們已經離岸九十公尺遠，駛進巴克禮灣。

「哇！」吉兒說：「這艘船真的在飛！」

這回吉兒是真心誠意的讚歎。鹽水飛過，風將強勁的水花打在她臉上，風與海浪的原始力量令她印象深刻，大海對每個人都有這種力量。班傑明當了幾年的單人帆船手，學會了要對海洋謙卑，還有千萬別太安逸。太多事都可能出差錯，就像上週末帆船比賽發生在羅伯．傑瑞特身上的悲劇。

沒錯，那傢伙太愛冒險了，在那麼危險的情況下把船推得太用力。不過兒童組的樂觀型帆船賽中發生溺水事件，還真是教人意想不到。要不是班傑明出手相救，羅伯恐怕不妙了。

不過他現在沒空想那件事，還有一艘船要靠他掌舵。南邊有場船賽，是固定龍骨的大遊艇比賽，航線很寬，觀眾又多。最好離那場活動遠一點。

「想不想把船開過學校呀？」

「想，」吉兒說：「這超棒的，靠風就跑能這麼快？太酷了！」

班傑明想告訴她什麼才是**真正的**航海，眼前這只算是移動，因為樂觀型帆船可以對付相當強勁的風勢。他想要說明他們為什麼得不斷更換重心，讓船在最佳表面上保持平衡，然後示範側風航行和側順風航行的差異給她看，可以的話，再告訴她什麼是頂風而行。

但他什麼也沒說。此時此刻，讓吉兒單純享受航海就好。她有興趣的話，以後有的是機會上帆船課。話說回來，為了安全著想，她還是得先學點基礎。

「好，我馬上要迎風折駛了，也就是說，我要轉向，讓風吹風帆的另一面。這樣我們就能換個方向航行，這叫做迎風換舷。這根帆桿會盪過船身。所以當我大喊『準備迎風換舷』時，你就要換到船的這一頭坐，然後我會移到那一頭。記得要低頭，可以嗎？」

她點點頭，班傑明大喊：「準備迎風換舷！」

他把舵柄扳向右舷，船頭因此移向左舷，帆桿也盪過船身。吉兒低著頭，手忙腳亂的移到另一頭；班傑明則在對面的舷緣坐直身子，把腳塞進腳踏扣帶。

現在船頭對準了學校。

「這個鎮好美啊，」吉兒說：「我不曾從這裡看過它呢。」

「**真的嗎？**」班傑明說：「你以前沒來過海灣嗎？從沒來過？」

「沒有啊。我們放假都往北邊跑，因為我家在溫尼帕索基湖有間小屋。我們會玩滑水或划獨木舟之類的，不過我們沒有帆船。那座湖很大，但和這裡的景色完全不一樣。」

班傑明無法想像住在海邊卻從沒下過水。假如他爸媽沒買時光飛逝號，他也肯定會找別的船試試，像是划艇、獨木舟，甚至是附槳的吹氣橡皮艇，什麼都行，只要能下水就好。

他們駛向陸地的同時，吉兒說：「如果你的手機有開機，我就能把今天早上的好消息告訴你了。」

「哦？什麼好消息？」

「我們今天下午三點半可以進學校。歷史協會要從那裡搬走一堆舊工具。我媽是委員會的人，所以我問她我們能不能一起去幫他們搬東西。還有啊，李曼不會在。很棒吧？」

「哇，好耶，」班傑明說：「聽起來很棒。」他停頓了一下。

「不過我有些事應該跟你說。」

他猶豫不決，吉兒看得出來他不想講下去。

「好……」她說：「你說說看啊。」

「就是啊，昨天晚上凌晨十二點左右，我偷偷溜進學校……」

「你說**什麼？**」

吉兒突然往前傾，在帆下抬頭望著班傑明。她失去平衡，只好一把抓住桅桿。船整個傾斜，大量海水湧進班傑明身後舷緣。

「坐回去！坐回去！」班傑明喊著。她照著做，小船平穩了下來。「用那個水瓢舀水出來！」

吉兒坐在十公分深的海水中，但她沒有伸手去拿水瓢。「你居然**沒跟我說**，自己跑去學校？」

風勢強勁，很快的，他們離學校前方的花崗岩海堤只剩十公尺，而且快速逼近中。

「準備迎風換舷！」班傑明扯開嗓門，「低頭！」

吉兒剛好及時低頭，七手八腳的移到另一側。當風往帆面吹，船身翹高，水又全往她那頭湧去，潑到了她的膝蓋和雙腿。

班傑明連忙回話。「聽我解釋好嗎？那時很晚，我媽睡了。既然有金先生留下的鑰匙，又確定有辦法溜進學校，我就放手去做。就……就像你星期三晚上衝出去拔測量土地的木樁一樣，是同一回事。而且感覺像個好主意，可以有時間到處看看，不被打擾。」

吉兒伸手拿水瓢。她繃著臉，舀了一勺又一勺的水往船外倒。「所以你一定要這樣把**我**比下去，是嗎？」

「不，**不是啦**，」班傑明說：「如果我覺得你昨晚有辦法溜出來的話，我一定會打給你……只不過要是我打了，恐怕我們會勸對方打消這個念頭，但是我總得**做些**什麼啊。」

吉兒把半勺鹽水潑到他臉上。「哎呀！我想我對航海真的一**竅不通**呢。」

班傑明眨著眼把鹽水擠掉，同時咬緊牙關。他設了新的航線，偏離風向幾度，把船轉到碼頭南面。他想要再迎風行駛一次，然後順風返回沙灘。這趟旅程該結束了。

帆船掠過冰冷的海水，船頭的浪花繼續襲擊吉兒的臉，逆風而行的時候就是會這樣。

哈，算你倒霉！

不過他很佩服吉兒，因為她既沒抱怨，也沒怪他故意轉向。幾分鐘後，她開口說：「那你現在可以說說夜探學校的進展了吧？有沒有找到什麼？」

關於這點，班傑明也不大敢說。

「沒有，不算有。我被……打斷了。」

吉兒彎著身體，然後抬頭望著他的臉。「被**抓到**了？」

「也不算啦。當時我在北面樓梯準備行動，沒想到收到一則簡訊。依我看，李曼一定是在這一、兩天裝了什麼警報系統。不用說也知道，他可能掌握了我們的手機號碼。」

「**李曼**發的簡訊？」

「嗯，寄件人的名字沒有顯示，但一定是他傳的。上面寫說：『馬上回家。你媽咪會在十二點零九分起床。』」

「你**媽咪**？」吉兒扮了個鬼臉。「**那樣**滿恐怖的。」

「還用說嗎？後來又有人打電話給我，是愛居港警察局打來的，但我沒接，馬上衝回家。就在十二點零九分，我媽的電話真的準時響了。那時我才剛上床，滿身大汗；不過我媽只是朝著樓上喊我，確定我沒事。我不知道打電話給她的是不是李曼，也有可能是：『不好意思，打錯電話了。』之類的。反正，他贏了，這也證明他很有兩把刷子。」

「是有**好幾把**吧。」吉兒說。

帆船啪嗒啪嗒前行，兩人陷入沉默。班傑明身子略往前傾，從帆上塑膠窗偷窺吉兒的臉。她嘴唇泛藍，幾乎變紫色了，還不停發抖。往帆下一看，她緊握著雙拳，這時他想起她才剛拔掉測量土地的木樁，手上有好多傷口，帶鹽的海水一定讓她刺痛得厲害。

「對不起，害你全溼透了，」他說：「不是很成功的航海入門課。但我真心希望你會喜歡。」

「航海？」她火冒三丈的說：「誰說我不喜歡航海？我只是不喜歡你一個人行動，還那麼笨。」

「哦，那你拔掉一百個木樁，就是天才囉？」

她得意的笑。「起碼我做蠢事的時候，沒被人發現啊。」

「準備迎風換舷！」他吼著：「低頭！」

他們手忙腳亂的換邊。微風從斜後方朝西吹，於是班傑明直接朝著碼頭北邊的沙灘順風駕駛。

「再低頭。」

他鬆開繫帆索。帆桿從吉兒的頭頂盪過去，接著他握住帆桿，角度幾乎和船身垂直。現在沒有風帆阻擋他的視線，他可以清楚看到她看起來像隻落水狗。

「你要不要幫這艘船取個名字？」她問。「我覺得你應該叫它**腦殘號**。」

他對她咧嘴一笑。「不了，我要用你來命名——**愛生氣號**。」

「班傑明，你很幼稚耶。」

她裝出很不高興的模樣，但他看見她露出一絲微笑。

他們離岸邊還有四、五十公尺遠，不過海水已經變淺了。微風轉強，小船飛速的前進。

「跟你說喔，」他說：「我們現在的速度很快，等一下我得迎風轉向，然後我們要馬上跳下船。」他用空閒的那隻手輕敲一塊板子，並說：「這是活動船板，我喊『準備迎風換舷』時，把它往上豎直好嗎？還有，別忘記低頭。」

吉兒順從的點點頭。浪濤一起，約有六十公分高，連帶激起浪花。大海再次要她俯首稱臣。

登陸沙灘很容易失敗，班傑明也不希望自己看起來像個大白痴……又一次。他細看下一組波浪，找到一段緩衝時間；可是他和這片沙灘很不熟，所以深度只能用猜的。

距離九公尺遠了，接著他叫喊著：「準備迎風換舷！」

他收起繫帆索，把舵柄扳向右舷，小船便轉朝反方向前進。吉兒舉起活動船板，班傑明跳進水深及腰的海中。風帆不停飄動，他得使出全力才能讓船頭迎風。他倒退著駛回沙灘。第一個大浪擊上小船正面，他腳站不穩，手也鬆了，咕嚕咕嚕喝了好幾口海水。

他呸了幾聲，重新抓住船尾，接著把船舵從栓子鬆開，擱在舵穴。然後他沿著舷緣往前走，一握到船頭，就把船倒著拖向岸邊。他把撐帆桿往下降，然後說：「幫我抬到沙灘上好嗎？」

「沒問題。」吉兒說。她踏進水中，一起把船抬到海浪之上。

班傑明收風帆的同時，吉兒站在硬梆梆的地上發抖，望著一艘駛出長堤的大快艇。她大聲清喉嚨，像在逼自己開口。「出海的經驗真是很神奇，謝啦。不好意思，讓你覺得我這麼……愛生氣。」

「沒有啦，」他馬上接話：「你罵我的那些都沒錯啊。好了，

「剩下的事我可以一個人搞定，你應該回我爸船上把身體擦乾，你看起來凍壞了。」

「其實，現在陽光滿暖和的。我來幫忙吧。」

「好啊。」

他們把船拆卸完畢時，班傑明的爸爸來到沙灘。他幫忙把船身搬進手推車。小船的重量雖然不到四十公斤，卻得他們三人一同出力才能把手推車推過柔軟的沙地，來到儲藏室。

收好船之後，班傑明的爸爸到警衛亭找凱文。班傑明和吉兒走向長堤，爬上木板平台。

她脫下借來的防水裝和帽子，把它們全都還給班傑明。她的嘴唇不再泛藍，不過看起來仍像隻落水狗。

「如果你三點半有辦法來學校的話，我們就約後門裝貨碼頭邊見面，可以嗎？」

班傑明點點頭。「好啊……我要再一次謝謝你和我一起出海。」

「謝謝你邀請我。也許之後我會進步呢。」

「你第一次的表現就很厲害了，我沒有在開玩笑喔。」

她翻了個白眼，微微一笑。「是喔。待會兒見。」

「好，待會兒見。」

她踱步離開，運動鞋發出嘰嘰聲。班傑明暗自竊笑，然後轉身走下長堤，步向時光飛逝號。

他在腦中飛快的回想：駕駛新船首次出海、海上大吵一架、差點翻船，加上幾乎發生暴動。再過一個小時左右，他又要和吉兒碰面，繼續在校園探險。

這個星期六過得真是精彩。

5 詭異事件

「嘿——你們在哪兒啊？」人聲在長長的走廊上迴盪著。

班傑明把吉兒從圖書館拉到轉角。「你**找**他來？」他小小聲的問：「為什麼？」

他們人在歐克斯小學的一樓，剛才騙過吉兒的媽媽，說為了做歷史報告需要更多照片，這才成功逃離在工友工作間的工作小組。

羅伯・傑瑞特又在大辦公室附近嚷叫。

「喂，呆瓜……是吉兒說今天我們要趕報告，如果你們打算玩躲貓貓，那我就退出啦。」

吉兒正準備回話，班傑明抓住她的手臂，咬牙切齒的說：「讓他走！」

她掙脫班傑明，走出角落。「羅伯，我們在這裡啦，正要去北面樓梯。抱歉。」

她轉頭面向班傑明，輕聲說：「我找他來，是因為他真的很聰明，我們需要他站在同一陣線。」

班傑明死盯著她，吃驚的張大了嘴。「你該不會想說……」

「對，我完全就是那個意思。班傑明，我們時間快不夠了，所以，我想不如把來龍去脈告訴他，然後……」

「告訴我什麼？」

羅伯一手拿著寫字夾板，另一手拿著掌上型攝影機。他把攝影機對準班傑明。「講話大聲一點，這機器的麥克風很遜的。」

班傑明扮了張鬼臉，轉過頭去。

吉兒說：「嗯，這有點……」

「哦，」羅伯邊說邊把攝影機轉向吉兒：「現在是不是要公開你們兩個的戀情呢？不用麻煩了好嗎？反正全校都傳開了。」

「什麼!?」班傑明猛一轉身，滿臉通紅。「這實在……太白痴了吧！」

羅伯咧著嘴笑，指著他的攝影機。「哦，對耶……他臉紅了！太帥了！繼續，**班傑明**，跟我們聊聊啊。看得出來你很想講，我會努力不要吐的。來啊，快把你們的故事**全部**說出來吧。」

班傑明站著握緊雙拳，他開始懊悔上星期六怎麼沒有讓羅伯淹死算了。

「傑瑞特，你這豬頭！我們在討論的事，你根本**想像**不到！」

羅伯得意的笑。「最好是啦，**你**能知道的事，我兩年前都摸透了，包括怎麼駕駛好帆船，好到你**永遠無法**超越！啊，真高興有帶這個來錄影！」

班傑明往前邁步，兩人站著的距離近到鼻子快要碰在一起了。「好，」班傑明咆哮著：「有件事你**可沒**摸透。」他揮開羅伯的手臂，「快把這蠢攝影機關掉，不然**我**來幫你關！」

吉兒硬擠到他們中間。「你們兩個，住手啦！」

羅伯按下一個按鈕，把攝影機向外舉，讓班傑明看見黑黑的螢幕。「好啦，我關了，大嘴巴。有話快說。」

班傑明壓低音量，但他幾乎快把話噴到羅伯臉上。「**你**以為我們是為了多加幾分才做這個白痴歷史報告吧！告訴你，**不是**！外面有場**戰爭**正要開打，我和吉兒為了守護學校而戰，不讓它被拆掉。

雖然每天有**間諜**在校園出沒，我們卻在對方眼前找到了金幣、鑰匙和不為人知的祕密，這些東西可都是一七〇〇年代就藏在學校裡的！我不想告訴你的就是**這個**，因為你是個徹頭徹尾的**死腦袋**！」

羅伯凝視班傑明許久，再瞄了吉兒一眼，然後歪著腦袋大笑。

「哈！你們真以為我會笨到**上當**！藏起來的金幣？不為人知的祕密？**間諜**？唉唷，恐怖到了極點唷！你們就只有這一點本事嗎？遜斃了！」

班傑明掏出手機，遞給羅伯。「你看這則簡訊，昨晚剛過午夜發的，看到了沒？」

「看到啦……怎樣？」

「跟我來。」

班傑明轉身，經過圖書館右轉，朝東北方的出口走。羅伯和吉兒連忙跟上。

「昨晚我用金先生的鑰匙……」

「等等，」羅伯停下腳步說：「工友金老頭？那個死掉的人？你得到他的鑰匙？**最好是啦**。」

班傑明把手伸進背包，取出那串鑰匙，在羅伯面前晃了晃。

班傑明繼續向前走。「就像我說的，昨晚我打開這扇門，但幾分鐘之後就收到**那則簡訊**。所以現在我得去查一查，看看那個間諜是怎麼知道我在學校。沒錯，傑瑞特，真的有**間諜**。」

班傑明把門推開，開始檢查門的外側邊緣。

「那裡！」吉兒用手一指。「上面！」

在金屬門框頂的鉸鏈上有一顆橡膠小黑點，大小就和一分錢硬幣差不多。

班傑明放下背包，取出相機，說：「抬我上去！」

羅伯撐著班傑明的腳。

班傑明飛快按了快門兩下，然後把相機交給吉兒。「嘿，可以幫我從書包拿出尺嗎？謝了。」

他把金屬尺扁平的末端當作小鏟子，將那顆小點從門框輕輕撬開，然後下來。三人盯著班傑明食指指尖的小玩意兒。

「所以說……，」羅伯說：「如果你們跟我說的是事實，那就是有人把這個感應器黏在那裡，然後門一關，壓在上面。只要門一打開，壓力就會從感應器上解除，並且啟動一個小開關，那個開關會發送訊號。我聽過那樣運作的儀器……感覺滿有可能……」

羅伯停頓一下，歪著腦袋。

「不只是可能而已，」班傑明得意的說：「這全是**事實**。」

他感覺自己刮了羅伯一頓鬍子。

「所以，」羅伯繼續往下說：「假如這件事是真的，那麼有人**現在**就會收到這扇門敞開的訊號！」

羅伯從班傑明的食指指尖奪走那顆小點，把它輕輕黏在他寫字夾板的紙上，再從口袋掏出一枚硬幣，用硬幣蓋住點點。他扳開寫字夾板的彈簧夾，開始滑動那張紙，直到把點點和硬幣固定好位置，再輕輕讓彈簧夾夾住點點和硬幣。

「看吧，」他說：「現在門又關上了！」

班傑明愣了一、兩秒才搞懂羅伯在說什麼和做什麼。他心裡非常佩服，但不打算承認，只是點頭說聲：「好。」說得好像換作是他，也會做同樣的事。

羅伯說：「你們兩個到底要不要跟我說發生了什麼事？」

班傑明望著吉兒，她對他點點頭。

「好吧，」班傑明說：「現在大概**不說也不行**了……但是你要先發誓，這整件事你都會保密，不能對任何人透露任何內容，絕對不能。可以嗎？」

羅伯咧嘴笑。「哦，有個天大祕密得發誓保密啊！沒問題……然後咧？要不要沾點血在哪裡簽名？」

班傑明怒視著他，正準備回話時被吉兒搶先一步。她的語氣冷酷而強硬。

「班傑明，我很抱歉。原本我**以為**羅伯知道我們在做什麼，也願意幫忙，可是**顯然**他認為這一切都是個玩笑。對他，你的確沒看走眼。他駕著他的高級帆船晃來晃去，還吹噓自己贏得什麼比賽，但他對這個海灣、小鎮和其他一切都毫不在乎。『好啊，動手吧，把學校拆了！就算整片海岸被毀了又怎樣？真是個天大的玩笑……**哈哈哈！**』」

羅伯被吉兒的毒舌嚇到了，班傑明趕緊把握這個機會。他搶走寫字夾板，拿起感應器和硬幣，用拇指和另一根手指把它們牢牢夾住，再把寫字夾板還給對方。

「傑瑞特，我們不需要你了。」

吉兒還沒說完。「羅伯，你走吧，**現在就走**。如果你敢把我們說的話告訴**任何人**，我們一定會要你好看。等著瞧吧。班傑明，我們走。」

班傑明準備離開時，這個世界似乎突然放慢速度，時間變得模糊，幾乎一切都暫停了。就好像回到他十歲那年，浮標擊中他嘴巴、打掉他兩顆門牙的那一剎那。每一個動作、每一項細節，他都看得一清二楚。

吉兒臉頰脹紅，嘴唇緊抿成一條線，眼睛氣得像在噴火，兩手緊握成拳頭。她開始轉身離去。

羅伯嚇到呆掉。他的視線在班傑明和吉兒臉上看來看去。班傑明看著這一切，全都像在慢動作播放，羅伯那跩跩的、不屑的一號表情崩解了，就這麼瓦解，然後從他臉上消失。班傑明在他眼裡看見真正的情感，接著在下一秒，看見他不可動搖的堅定眼神。

羅伯開始說話，可是語氣變了。「兩位，老實說……我真的沒有那個意思。你們必須承認這整件事聽起來都瘋狂到極點，真的讓人難以置信，超難的。那……難道我應該在星期六下午做好心理準備，來參加什麼重大、嚴肅的發誓大典嗎？我要說的是，拜託，這件事怪到極點！但我看得出來，你們兩個都很看重這件事。現在我懂了，真的。那……好吧，**我發誓**，你們所說的一切我都會守口如瓶，一個字都不會說。這事算我一份，好嗎？真的，我發誓。」

他的誓言懸盪在空中。

班傑明用舌頭輕彈門牙內側。他相信羅伯的話，也幾乎為這個傢伙感到有些抱歉。

「聽我說，羅伯，我**知道**這件事聽起來很詭異，也知道我太過激動。可是這件事很重要，**超級重要**。這不只是**好像**很瘋狂，而是**真的**很瘋狂。我是說，你認識李曼先生吧？那個高高的工友？我跟你說，**他就是**間諜，他替那間主題樂園公司工作。傳簡訊給我的就是那個傢伙，後來他還打電話去我家，大半夜把我媽吵醒！所以，我**陷入**這個詭異事件裡了。我們把這些事一股腦的塞給你，但吉兒說得對，我們**確實**需要幫助。所以，如果你剛剛說的是真心話，那麼，歡迎加入！」班傑明伸出手。「握個手，一言為定？」

「當然好！謝啦。」

「拿去吧，」班傑明邊說邊把感應器和硬幣遞給他，「把這個黏回你的寫字夾板，我捏得太用力，手腕都要斷了。」

吉兒也和他握手。「班傑明說得沒錯，」她說：「我們兩個對這件事的反應都有點瘋狂。剛剛說的話有點太過分了，對不起……像是班傑明就沒批評過你駕駛帆船的事。」

「這個嘛，」班傑明說：「是沒大聲批評啦！」

他們都笑了一下，這讓班傑明的心情放鬆許多……算是吧。畢竟他和羅伯·傑瑞特過去發生很多事，大多是不好的事。眼前這個小孩總是愛嘲笑他、愛跟他比較，打從一年級起，不論在學校或風帆俱樂部的比賽，只要逮到機會就會想辦法羞辱他。儘管如此……

羅伯大概還是全校最聰明的小孩，有他加入，他們應該可以有一番新作為。他們能圓滿達成任務嗎？很難說，但有一件事班傑明可以確定，那就是：三人小組要認真開工了。

「所以呢，」他對羅伯說：「還有很多事你必須知道。首先，早在一七九一年，歐克斯船長就召集一群小孩，稱他們作『學校的守護者』。那是我們找到的一項訊息，多虧金先生給了我這個。」他把手伸進口袋，然後將那枚光滑的金幣遞給羅伯。

羅伯讀了正反兩面的字，而班傑明和吉兒微笑的看著他的表情。他整個人被迷住了。

接下來的十分鐘，他們把來龍去脈全部向羅伯說，還解釋了過去兩百多年來，那枚硬幣由工友一任接一任的傳下來；他們也帶他去看祕密隱藏起來的「上層甲板」，讓他細看那把鐵製大鑰匙和保護裝置清單。接著，吉兒也與他分享遺囑的但書和解決「五聲鐘響」的線索。

羅伯驚歎不已。「所以，這真的是歐克斯這位仁兄一**手策劃**的嗎？我是說，這件事加上他的遺囑……真是**太天才**了！他設計了一盤好棋，利用我們和他的敵人對陣，而且如果那份但書是真的，那他穩贏了！他是兩百年前就過世的人耶！太了不起啦！」

他們開始走下南面樓梯。「說到但書，」吉兒說：「我們找律師談過了，她建議我們沒到緊要關頭，不要使出這招。」

班傑明說：「沒錯，因為葛林里集團還不知道我們到底在做什麼。要是我們拿這但書給法官，整件事就會變成是我們與他們公開大對抗。目前情況還算單純，只是我們和李曼私底下過招。」

羅伯盯著班傑明。「所以……昨天下午美術教室鬧水災，你叫我把學校翻遍去找李曼，也和這件事有關？」

班傑明點點頭。「我是故意被罰留校，然後弄壞水龍頭。因為我得去工友工作間找東西，必須想辦法讓李曼離開那裡一陣子。」

「你找到要找的東西了嗎？」

「找到了。我在金先生的喪禮上認識一位叫作湯姆·班登的老先生，他曾在這裡工作，是金先生前一任的工友。我告訴他發生了什麼事，然後他叫我去工作間把他的舊釣魚箱拿回來。我交給他之後，才知道裡面裝滿了金幣和銀幣，都是很值錢的古錢幣。金先生不知在學校的什麼地方找到這些，於是將它們藏在那個釣魚箱裡。所以，從昨天下午開始，我們也有經費了。」

「酷斃了！」

他們三人在一、二樓間的樓梯平台停下腳步。

羅伯歪著腦袋一下，瞇起雙眼。「你們覺得李曼知不知道今天有歷史協會的人要來學校？」

「我確定他知道，」吉兒說：「學校祕書讓我媽進來時，就說她得自己跑來學校一趟，因為工友出城度週末連假了。」

「太好了，」羅伯說：「這表示我們可以拆掉其他每一扇門的感應器。因為假如李曼在我們按壓感應器之前就收到訊號，就算其他的門被打開，他也不會覺得奇怪。」

「其實……」班傑明慢慢說：「依我看，我們應該讓李曼以為他的監視系統沒有破綻。」他指向羅伯寫字夾板上的感應器。「我們去找像那樣小小黑黑的東西，把它黏回東北門原來的位置。這樣門就會看起來和之前一樣受到監控，但其實我們可以自由進出，不必擔心會觸動警報器。」

羅伯點點頭，略帶微笑的說：「普拉特，我必須承認，這個點子很讚。」

「我們再把另一扇門的感應器拆掉，放一個假的上去如何？」吉兒說：「這樣就有一扇備用門了。也許找新大樓走道南邊的出口大門怎樣？」

「這個點子也很讚。」羅伯說。

他們步下樓梯的最後十階，往一樓辦公室附近的長廊走去。通往新大樓走道最直接的路線會經過工友工作間，所以他們刻意繞遠路避開那些大人。但就在他們拐過美術教室附近、來到最後一個轉角時……

「吉兒？有聽到我叫你嗎？我們需要人手來幫忙搬這些工具。吉兒？」

「媽，我來了。」

他們只好轉向。

「好吧，」吉兒說：「第二扇門改天再想辦法。不過在離開之前，或許可以先在那扇門上裝個假的感應器。」

「早就想到啦。」班傑明說：「拿一些黑色的電工膠帶，用瑞士刀上面的剪刀一剪就搞定了！我昨天在工友工作間的檯子上有看到膠帶。」

「太棒了。」吉兒說。

班傑明走進工作間，看見牆上的古董工具全被移走，不禁感到遺憾。將近一百件各式各樣的工具是很壯觀的收藏，它們原本裝在厚重的塑膠箱裡，現在全攤在地上和工作檯上。

他彎下腰，拾起一只沉甸甸的小刨刀。刨刀本體是用一大塊實心鳥眼楓木做的，鐵片有點生鏽，但看起來還是很鋒利。做這個工具的人手藝很精巧，也保存得很好，而且頻繁使用很多年了。握著它，就像把某個人生命的一部分握在手心一樣。

班傑明的雙眼被刨刀背面的記號吸引住。有人用打洞機在木頭上打了兩個字母：JV。班傑明馬上就知道是怎麼回事。他手裡握著的是約翰．范寧（John Vining）的工具。他是船上的木匠，曾跟著歐克斯船長一起航海，學校裡的每個書架、每個出入口、每件木製品，都是由他親手繪製設計。之後，這位鬼斧神工的木匠便協同助手將這些作品一一完成。

他掃視其他十多件工具，每一件上頭都有縮寫。

「嘿，」班傑明對吉兒說：「約翰．范寧，記得吧？畫學校營建圖的那個木匠。這些全是他用的工具呢！」

羅伯也來插一腳。「范寧？他是我報告裡的主要人物之一……對了，因曼老師的報告，我們還是得做，對吧？我可不想自己的心血全白費了。」

「我們當然是在做報告啊。」吉兒說。然後她壓低音量問：「基於你對范寧的了解，有沒有什麼資訊可以為我們**另一份**報告做點貢獻呀？為保護裝置打造祕密地點的一定也是范寧。我一直想去鎮上的圖書館好好研究。可以提供點意見嗎？」

「嗯……想不太到。但我會再努力想想。」

「你們可以先專心幫忙嗎？」

一個滿頭白髮、有個大鼻子的矮個子男人站在裝貨碼頭的門口。「請把工具一件一件搬到我的廂型車上。都裝好之後，我們就在海灣街的歷史協會大樓碰頭。」

孩子們和其他志工把工具搬出來的同時，那個男人忙著把每一樣工具排在搬家用軟墊上，直到排不下為止。接著他又鋪了一層新的墊子在上面，繼續排。等工具快搬完時，已經堆了九層墊子。

班傑明很高興大家都小心翼翼，可是他很不喜歡看到過去這兩百年來擺掛工具的地方變成空蕩蕩一片。雖然……再過幾個星期，東西就會物歸原位了，如果事情進展順利的話。

這個「如果」，非常關鍵。

班傑明從工作檯拿走那捲電工膠帶，偷偷放進口袋，然後藉故上洗手間。

他只花了幾分鐘就做了一個酷似原版的大門感應器，是用黑色電工膠帶繞了六圈的小圓盤，一面黏黏的，一面滑滑的。他繞到東北門，打開門，踮腳，伸長手，把小黑點黏回原本感應器的位置。

看起來真是完美。

回到工友工作間後，工作都完成了，工作小組也正在解散。

「嘿！班傑明、吉兒，」羅伯說話的嗓門大到連吉兒的媽媽都聽得見，「今天吃完晚飯大概七點左右，我們在那棵大山毛櫸樹下見面好嗎？丟丟飛盤、玩玩威浮球，怎樣？」

「媽，我可以去嗎？」吉兒問。「我會在九點之前回家。」

「我也會往碼頭那個方向走路回家。」班傑明說。

「好，那就去吧，」艾克頓太太說：「聽起來滿好玩的。」

羅伯和班傑明四目相接，吉兒對他們微微一笑。

有個木頭門擋抵住裝貨碼頭的大門，好讓門口通行無阻。廂型車車主把它移開時，班傑明發現金屬門框的高處有另一個小小黑黑的感應器。大門嘶嘶的關上，他在腦海中想像李曼接收到訊號：每扇門都關上了，牢牢鎖住，全都安然無恙。

雖然班傑明不願意承認，但羅伯確實再一次令他刮目相看。今晚到學校操場見面玩遊戲？這招太強了。

因為他們三人心裡有數，並不是要玩威浮球；他們要玩的遊戲其實比較像躲貓貓。

班傑明也同意吉兒媽媽的看法。這聽起來真的滿好玩的。

6 天才出手

他們坐在學校東北門前的低矮花崗岩石階上，看起來不像破門而入的小偷，只是三個吃冰棒的小毛頭。但班傑明還是提高警覺，周遭的風吹草動都逃不過他的視線。

現在是七點三十五分。校園裡的暗影拉長了，天卻還是很亮。離他們短短約二十公尺的地方，有慢跑的人、情侶和小家庭沿著校門口前那段港濱步道遛達。現在要進去學校挺困難的。

班傑明左手握著關鍵的那把鑰匙，他已將它從一大串鑰匙圈上取下來了。他吃完冰棒，若無其事的站在花崗岩石階上面向門口。

他屈身靠近，假裝透過玻璃凝視走廊，其實兩隻手忙得很。他打開門鎖，把門推開一點點，再將冰棒的棒子塞進門縫。

班傑明又坐回吉兒和羅伯中間的石階。門已準備就緒。現在只要耐著性子，等待最佳時機。

大約過了五分鐘，時機出現。

有個小朋友大喊：「嘿，又是那艘大船耶！」

班傑明站起來，與港濱步道上的十來個人一起凝望。呈現在眼前的是一艘在強勁東風吹拂下航行的三桅縱帆船，它的旗幟和三角旗隨風飄揚。這艘船至少有四十五公尺長，班傑明注意到它是百慕達帆型，每根桅桿上都揚起高高的帆，還有由前桅支索掛著、一路拉到船頭木柱的兩張三角帆。這幅景象真美。

人們聚在海堤上，對著船員和乘客揮手叫喊。班傑明身旁的吉兒和羅伯也跟著起身，他們全都趕上這個歡樂時刻。

離岸邊十五公尺處，水手長的尖銳鳴笛聲掠過水面，縱帆船瀟灑轉向，任風直接吹過橫梁，帆船沿著海岸向北行駛，在船頭留下餘波蕩漾。就在此刻，主帆全然映入眼簾。

班傑明笑不出來了，橙色的字大剌剌的印在寬闊的帆上：

葛林里集團　隆重呈現

大船樂園來囉！

明年六月來愛居港找我們玩！

TALLSHIPSAHOY.COM

這艘帆船加速前進，他們三個杵在那裡，默默的看傻了眼。

「好吧，」班傑明咬牙切齒的說：「該做正事了。」

水濱的人群又是指指點點、又是揮手歡呼，這時學校守護者已經消失在學校的門階。吉兒先進門，再來是羅伯和班傑明。他們全進去之後，大門喀嗒一聲關上。

「喂，你們看！」羅伯邊叫邊衝過轉角，朝圖書館狂奔。「我在走廊上跑步！哈哈哈，**太棒了！**」

「是啊，」班傑明對著他喊：「但我們是來這裡**辦事**的，先來擬個計畫吧。」

羅伯又往回衝，鞋底因急剎而發出尖銳的聲音。「聽我說，」他上氣不接下氣的說：「開工之前，我想到一個超棒的點子，我想先去找個東西，可以嗎？」

「可以。」班傑明說，但其實有點不高興。他感覺眼前這傢伙不像那個改頭換面後樂於幫忙又謙虛的羅伯，不像那個幾小時前發誓的羅伯。不，他比較像是**從前的**羅伯，那個愛出風頭、只喜歡大權在握、什麼事都一把抓的羅伯。

「好！」羅伯說：「嗯，你們覺得工友工作間上鎖了嗎？如果鎖住了，你們有鑰匙嗎？我得進去看一下。」

「為什麼？」吉兒問他。

「我又想到一些事，和李曼的警報器有關。」

「是喔，怎麼說？」她繼續問。

「就是啊，如果有……」

班傑明知道這種感覺。這就像是在海灣參加帆船賽，明明就快要抵達比賽的浮標了，偏偏殺出羅伯這個對手奪走了所有的風。他就是覺得非要掌控一切不可。

「好好好，」班傑明打斷羅伯的話，說：「就直接去看門是不是開著，不要在這裡浪費時間討論了。快走吧。」

門鎖著，但班傑明有全部鑰匙，才花一分鐘就找到對的那把。

羅伯一進門，就開始貼著偌大工作間的牆慢慢走，檢查靠近地板的牆面。

「那些大門的感應器都是小小的，裝了很小的電池，還配了更小的天線。所以，一定有什麼威力更大的東西當作繼電器。關於這一點嘛，我想到一個很棒的點子。不管那是什麼，八成都是插了電的東西，因為它一天二十四小時都得開著，準備從任何一個感應器接收訊號，而且，電池可能一天左右就沒電了，這個週末又是特別長的連假。既然這個房間是李曼在學校的基地，繼電器組應該就在這裡，所以我們必須檢查這裡的每個電源插座和延長線。」

「那好吧，」班傑明說：「大家到處看看。」他想當發號施令的角色。

沒過多久，吉兒喊著：「找到了！」

羅伯和班傑明趕過去。有條深灰色的電線連進工作檯後方牆上的插座。電線往上走，彎彎曲曲的伸到檯子背面的邊角，最後接到也是深灰色的六孔延長線。

班傑明伸手撥開覆在上面的一些雜物，但羅伯一把抓住他的胳臂。「什麼都不准碰！」

班傑明甩開他的手臂。這下子，傑瑞特真的把他惹毛了。不過他懂羅伯的意思：如果這是李曼警報裝置的一部分，弄亂了是會打草驚蛇的。

有兩個小小黑黑的變壓器插在延長線上。每條從變壓器伸出的細黑電線，都通往一堆凌亂的藍色抹布，而抹布的位置則在離裝貨碼頭最近的工作檯盡頭。

羅伯小心翼翼的掀開幾塊抹布。「沒錯，」他說：「就跟我想的一樣。」

其中一條電線伸進一個大小如電視遙控器般的扁黑盒。一排紅色的ＬＥＤ燈依序閃爍，從左到右不斷重複，像一波不間斷的小閃光。兩條約三公分長的銀色電線從這個矩形的盒子延伸出來，一邊一條。

羅伯指向電線。「這就是天線。其中一條大概是用來接收大門感應器的訊號，然後盒子裡的處理器會解讀訊號是從哪扇門傳來的，接下來，另一條天線就把這項訊息發送給**這個**。」

羅伯掀開最後一條抹布，眼前是一支看起來很普通的手機。手機蓋是掀開的，小小的液晶螢幕散發出微微的光，上面只有顯示出時間是晚上七點四十三分。

「所以，」班傑明說：「感應器發送光點給盒子解讀，然後傳送訊號喚醒手機，接著手機撥打設定好的號碼，這個訊息再咻的傳給李曼。就這麼簡單。」

「是啦……」羅伯說：「換作是我，可以解釋得更好，不過大致上是這樣沒錯。」

班傑明明智的點點頭，他凝視著閃爍的紅燈，想找些話來講，那種聽起來**非常**聰明的話。

可是他想不出來，腦袋一片空白。

然後他驚恐的恍然大悟：**我是裝出來的！**

他從頭到尾都在假裝。他裝得一副好像一開始就搞懂這整件事的樣子。其實他是不懂裝懂。這些點子他說什麼都想不到，給他一百萬年也想不出來。

那又怎樣？我是不是想贏得什麼比賽的冠軍？就是那種誰最聰明的比賽？

班傑明的下一個想法，讓他心情更低落了。

啊！我變成傑瑞特了……真的變成他了！

他覺得很難為情，好像撒了個大謊被人抓包，甚至覺得自己開始臉紅了。班傑明瞥了吉兒一眼，她正滿臉困惑的盯著他看。

她也發現了！吉兒發現我正在用羅伯的方式扳倒羅伯！

班傑明被這麼一嚇，整個人都清醒了。他馬上意識到，只有一個方法能夠解套。

班傑明認真的正視羅伯，給他一個誠懇不做作的笑容。「傑瑞特，你真行，實在太強了！」

他的讚美令羅伯大感驚訝，羅伯雖然慌張，但高興還是寫在臉上，嘴裡咕噥著說：「嗯……多謝你啦。」

不過羅伯的謙遜來得快、去得也快。

「如果你覺得那玩意兒很酷，那就來看看**這個**！」他從褲子後面的口袋掏出手機。「你們知道這是什麼嗎？」

「呃，」吉兒說：「難道是……**手機**？」

羅伯不理會她的嘲諷。「**就知道**你們猜不到。這可不是普通手機，而是支幽靈手機。我早就猜到我們會在這裡找到手機，所以今天下午先跑去便利商店，那裡有一整排的預付手機，不用簽約，不用提供信用卡，不用給身分證件。我拿了一支到櫃檯付帳，就這麼簡單，花了九點九五美元，包含二十分鐘通話費，外加簡訊費。我隨時可以走進任何一家店，用現金買更多通話費。假如我傳簡訊或打電話，**沒有人**能查到是誰傳或誰打的。很酷吧？」

吉兒面無表情的望著羅伯。「**重點**是……？」

羅伯咧嘴一笑，看著班傑明。「普拉特，你說呢？知道我的用意嗎？」

「完全不知道，」班傑明爽朗的說。其實，他很期待再次對羅伯刮目相看。

羅伯笑了，這場獨角戲真讓他樂在其中。「好，那看仔細囉。」他推開新手機背面的小鉤蓋，把電池拿出來。然後在電池盒裡將一小片金屬移開，取出金綠色的薄薄晶片。

「你們一**定**知道這是什麼吧？」

吉兒點點頭。「這是ＳＩＭ卡，也是手機的記憶卡。」

「對，」羅伯說：「但你只答對了一**半**。因為就算拿掉ＳＩＭ卡，手機本身的電子設備也能儲存一些記憶，這就是重點。」

他從抹布堆拾起李曼的手機，拔掉電源線。

「喂！」班傑明說：「這樣不會被李曼發現嗎？」

羅伯把手機面朝外。「看到螢幕了吧？只有顯示時間。如果沒有顯示電話號碼，就不能發出訊號。」

他在五秒內關機，同樣的從李曼的手機取出電池和ＳＩＭ卡。

「好，最妙的就在**這裡**。」他一邊操縱手機零件、按些按鈕，一邊向他們解說。「我把李曼的ＳＩＭ卡裝進我的幽靈手機……再把電池裝回去，然後開機……好囉。現在呢，我選取功能選單，叫它把李曼的訊息全都複製到我手機的內建記憶裡……開始了……複製到一半了……統統複製好了！這下子他手機裡有什麼，我全都看得到！現在，我把我的手機關機，取出電池，然後將李曼的SIM卡放回**他的**手機，再把電池裝回去……再次開機，插回電源線，放回原位，把抹布再堆回去……一切就像我們沒來過！接著把**我的**SIM卡擺回這支幽靈手機……再來裝電池……然後蓋回鉤蓋，最後開機。這下子，我們可以慢慢瀏覽這支手機，查詢李曼的每支號碼和聯絡人。就算我們決定打電話給他的聯絡人，也不會有人知道是誰打的。但話說回來，我們可能什麼資料都得不到。假如我是李曼，我會在工作間藏一支幽靈手機，但SIM卡裡除了另一個空號，什麼也不留。當然，很有可能李曼沒有偶那麼聰明啦。」

「嗯……」吉兒說：「應該是沒有『我』那麼聰明吧。」

「什麼？哦……對啊，沒有**我**那麼聰明。」羅伯面帶微笑，心情不被吉兒糾正發音影響。「所以，在我們偷看複製的資料之前，你們有沒有什麼要問的？」

班傑明很訝異，吉兒竟然這節骨眼還在挑錯。不過話說回來，羅伯一直滔滔不絕的說自己有多強，真的挺惹人厭……也許只是他比較習慣應付這種狀況吧！無論如何，班傑明還是想為傑瑞特靈光的腦袋給個滿分。

「實在是**太優秀了**！」班傑明說。他讓讚美留在空中一會兒。

「不過，現在快八點囉，還是善用在學校的時間，去找下一個保護裝置吧，你們說怎麼樣？」

「好啊。」羅伯說。吉兒也點點頭。

於是班傑明說：「太好了。傑瑞特，我等不及要看李曼手機裡的祕密，不過，能不能請你待會兒自己先查一下，然後把檔案做成清單？這樣我們就能好好研究，看裡面有沒有什麼可以用。」

「好啊，」羅伯說：「交給我吧，沒問題。」

「太好了！說真的，手機這整件事，真有你的。」班傑明已邁開步伐。「吉兒，把工作間的門關緊好嗎？那，如果現在去北面樓梯，我就可以告訴你們昨晚我被李曼打斷之前做了什麼。我想聽聽你們的看法。」

北面樓梯非常暗，班傑明和吉兒打開他們的小手電筒。

「喂，」羅伯說：「你們兩個可不可以共用一支啊？我沒帶手電筒。」

班傑明按捺住想訓人的衝動，免得說出：「有些人其實不像外表那麼**聰明**。」一天前，他肯定會毫不留情的刮他一頓，但明爭暗鬥是個壞習慣。「好啊，拿去。」他把手電筒遞給羅伯。

班傑明數到第十七步，然後叫吉兒和羅伯檢查。他們照做，結果和他下了同樣的結論：根本沒有什麼奇怪的地方。

後來，他們從第一個平台開始重算，又往上數了十七階，快要來到二樓起始的樓梯中段。不過，那個第十七階同樣沒什麼特別。

「我覺得啊，其實從第一個十七階起的每一階，我們都應該仔細看，」羅伯說：「因為，說真的，幾乎從哪裡都可以往上數十七階，懂我意思吧？」

吉兒和班傑明都贊同，於是照著他的話做。他們花了將近二十分鐘，檢查一到三樓每個可能的第十七階。然後又繞到南面樓梯，重複同樣冗長的過程。

班傑明發現三人一起尋寶的感覺真好，比一個人獨自在半夜摸索好玩多了。而且羅伯真的超聰明的，這點班傑明終於大方承認，心裡也沒有疙瘩。吉兒把他拉進來，真是個好主意……如果他不是那麼討人厭就好了……

不過他心想：我鬧起彆扭來，大概也很討人厭吧。

總之，有羅伯加入，感覺事情就要成功一半了。

他們在南面樓梯一無所獲，只好穿過三樓的走廊，回到北面樓梯。班傑明跟著吉兒，他們開始下樓。

「喂，夥伴們？」羅伯喊著。

班傑明和吉兒從底下階梯抬頭看他。他站在三樓平台往下的第三階一動也不動，腦袋微微歪一邊。「我覺得好像有點頭緒了。」

吉兒望著班傑明，那表情讓班傑明解讀為：**喔，拜託，他又來了**。但他們只是淺淺一笑，聳聳肩。畢竟到目前為止，傑瑞特貢獻了不少很讚的點子。況且，他們也很清楚，他們想不想聽他要說的話，其實並不重要，反正羅伯一定會講。

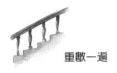

7 重數一遍

「我很確定，我們全都搞錯了！」

班傑明和吉兒又上樓，走到羅伯站的位置。他站在他們的上方，像是在課堂裡準備上課的教授。

「線索是說：『四乘四之後，再上踏一步。』這個嘛，依我看船長在第一條線索的用字遣詞，加上你們兩個想出來的實際解決方案，我認為這條線索的文字表示我們找的這個區域是對的。這我幾乎可以百分之百保證，我們應該在樓梯間尋找沒錯。問題是**不應該**數台階，**應該**數的是……」羅伯誇張的停頓了一下，「**這些！**」

他的手來回撥了四、五根欄杆，就是那些支撐扶手的木頭柱子。他看起來像是在彈豎琴。

班傑明大聲數出：「四乘四根**欄杆**，那表示要爬上八個台階，然後『再上踏一步』到第九階。所以我們要找的是第十七根欄杆，也有可能是第十八根，因為它也在第九階上！走吧！」

這三人一路狂奔到一樓卻沒有喘死，還真是奇蹟。

吉兒率先抵達。「看吧，」她對班傑明說：「要重算一次了。」他們剛才沒算到扶手盡頭的大支柱，因為這表示第一階上只有一根欄杆。

羅伯瞇起眼睛。「我覺得歐克斯船長會把欄杆支柱也算到那十六根之內，有沒有人要打賭？」

班傑明咧嘴一笑，搖搖頭。「我才不要。」他已經成為羅伯的忠實信徒了。羅伯**真的**是個天才，或者說他最起碼擁有觀察入微的驚人天賦，這是真正關鍵的特質……也許天才就是要具備這種條件吧。但班傑明其實並不在乎。此時，他準備要去《波士頓環球報》登個全版廣告：

羅伯．傑瑞特是天才！

吉兒也不想和羅伯打賭，她已經跟著他爬上了第九階。

羅伯開始用班傑明手電筒的末端輕敲欄杆。他先敲靠近第九階外緣那根，再換成後面那根，然後又敲一敲上下階的三、四根。

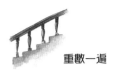

「聽出來有什麼不一樣嗎？」他輕聲但興奮的說。

他又輕敲每根木頭一次，全都發出深沉、實心的咚咚聲，只有一根例外。第九階後面那根欄杆聲音不一樣，它發出的音調較高，感覺比較像叮鈴聲，還微微的嗡嗡顫動。

吉兒說：「試著轉轉看。」

羅伯看著班傑明。「可以嗎？」

「當然可以，為什麼不行？」

「這個嘛……要往哪邊轉呢？我可不想把東西弄壞。」

班傑明聳聳肩。「逆時針轉轉看，右緊左鬆，一般東西都是這樣設計的。總之，動作輕一點，免得它裂開。」

「拿著。」羅伯對吉兒說，並把班傑明的手電筒遞給她。

他抓緊欄杆最細的部位，一手接近扶手，另一手接近台階。

「看我的……」他深吸一口氣。

班傑明看見羅伯手臂的肌肉繃緊、指關節變白。他又吸了口氣，使出吃奶的力氣，臉脹得通紅。

「我感覺……有點鬆了，但還是……轉不動。」

「我來幫忙。」吉兒說。她放下手電筒，把手伸進羅伯的胳臂中間，兩手抓住欄杆圓形的中央部位。

「我也來！」班傑明匆匆上樓，雙手分別緊握羅伯兩個拳頭上下方的空間。「好，數到三……一、二，**轉！**」

班傑明感覺有點在動了。「使盡全力！」

羅伯發出了用力的嗯嗯啊啊聲，吉兒也尖聲發出：「呣呣呣呣呣呣呣呣！」

班傑明則幾乎是笑著發出長長的一聲：「啊啊啊啊咿咿咿咿咿咿！」

當他們的戰鬥口號到達瘋狂的頂點，欄杆也轉動了九十度——

喀啦！

「**成功了！**」他們笑著擊掌。

接著班傑明舉起手。「可是……轉開之後呢？現在該**怎麼辦？**」

「嗯，」羅伯說：「如果我沒弄錯，應該往下看。手電筒再借我一下好嗎？」

他們匆匆奔下樓梯間的地板。羅伯把手電筒瞄準欄杆底端，照亮了與階梯並排的木板牆。

「我以前從沒注意過這一區哩，班傑明，你呢？」

「沒有，我沒注意過。」

班傑明也用手電筒照亮第九階被扭開的欄杆，再將光束往下移。「嘿！」

羅伯說：「我也看到了！」

吉兒跨步向前，把手放在兩道手電筒光束交會的木板上。「有一條裂縫……一路裂到這裡。」她跪到地上。「看看我能不能把這個扳開……」

她抓緊木頭邊緣，往外一拉。兩塊木板無聲的向外旋開，好像一套組件，是一扇三角形的大門。

「這**太酷了！**」羅伯輕聲的說。

班傑明已經在門口做好準備，他的相機對準台階下的區域。一陣強烈的刺鼻味撲過來，但他不當一回事，只顧著拍照。閃光燈暫時讓他失去視覺，可是他重新瞄準，換個角度再拍一張。

「我習慣拍照……」他話還沒說完，就被羅伯打斷了。

「對，證明的文件、器物的擺設、地點的完整性，我了解。」

「**噓——！**」吉兒輕聲說：「聽到了嗎？」

班傑明蹲低，往開口探頭看，但他的眼睛還是被閃光燈閃得看不見。後來他也聽見了，而且知道那是什麼聲音。

吉兒從他身後向裡面望。

「**是老鼠，老鼠！**」

她往後退，身體緊貼著牆。

班傑明把光對準開口。短短六十公分的距離，有隻巨大的挪威鼠用後腳站在中途，雙眼反射紅光，耳朵和鬍鬚不停抽動。牠似乎對這些訪客不太感興趣。

可是羅伯一拍起手，這隻老鼠就一溜煙不見了。暗處還有許多動靜。

「牠們不會是問題啦，」羅伯說：「老鼠聰明到極點，會有辦法離開的，八成早就溜走了。來吧，由我打頭陣。」

吉兒待在原地不動。「我不要過去……才不要。」

「你聽，」班傑明邊說邊在耳邊弓起手掌：「牠們應該走了。」

羅伯彎低身子，雙手貼著護壁板。

鴉雀無聲。沒想到接著突然傳來「哩、哩、哩」的聲音。

吉兒嚇得抬高一隻腳，羅伯像是觸電般把手抽回來。

班傑明忍不住笑了。「抱歉，是我的手機啦。我在八點四十五分設了鬧鈴，我們得走囉。」

「**現在**就走？有沒有搞錯？」羅伯說。

「我知道很掃興，」班傑明說：「可是我一定要九點前到家。」

吉兒點頭如搗蒜。「我也是。」

班傑明忍著不拿老鼠的事逗她。他望著羅伯。「是真的。很抱歉，這麼接近謎底卻要閃人，可是我已經答應我爸會準時回家，我們明早天一亮就要啟程。不然，你也可以自己留下來調查……」

羅伯遲疑了一下，好像真有可能留下來。最後他還是聳聳肩說：「不了，沒關係，再等等囉。」他轉身快步踏上第九階。「你們兩個關門，我來把它鎖回原位。」

他們倆推著門；羅伯一邊轉欄杆、一邊說：「現在好轉多了。」

他們三人一起離開樓梯，匆匆走向東北門。班傑明偷瞄一眼，天幾乎全黑，還有幾個人留在港濱步道，不過他們在北邊，離學校很遠。

「都沒人，安全了。」他說完把門推開。

他們走到海堤。在陰暗的樓梯間悶了那麼久，海風就像一杯消暑的飲料。

「那……然後咧？」羅伯問：「我們明天晚上再回來怎麼樣？

同一時間、同一地點。」

吉兒搖搖頭。「我在新罕布夏有家族聚會，要到星期一晚上才會回來。」

「是喔，」班傑明說：「我也不在家。只要氣象預報沒變，我和我爸要乘風帆到普利茅斯。」

「你週末有活動嗎？」吉兒問羅伯。

「哦，有啊，」他說：「超多家裡的事要忙。那我也該走了，星期二見啦。」他猶豫了一下，遙望水面。「我想說，謝謝你們讓我插一腳。我欠你……你們兩個一個人情。」

「很高興有你加入。」吉兒說。

「我也是，」班傑明說：「我們進展很多，你真的幫了大忙。」

「謝啦。那我要往那邊走囉。」他指向西邊。

吉兒露出笑容。「星期二見。」

「喔，」羅伯說：「如果李曼的手機裡有什麼很酷的東西，我再傳簡訊給你們看。」

「好啊，」班傑明說：「可是我要回家之後才能收簡訊。乘船出海，手機收不到訊號，不過還是要傳給我喔。」

「好。」羅伯走上那條穿過校園、通往學校街的步道。

吉兒和班傑明往南沿著海岸線走。班傑明看見海灣上十幾艘小船的點點燈火，湊近一看，有一艘捲起帆的大遊艇朝海港駛來，紅色和綠色的航行燈在船頭和船尾搖擺。三公里外，鷲之岩附近的警鐘浮標傳來微弱的叮鈴噹啷聲。這樣涼爽平靜的夜晚，適合散步，也適合沉思。

只不過，沉思就不能好好散步了。

班傑明一直在想：「萬一我們失敗了呢？」等到**明年**五月，主題公園就差不多完工了，要倒數計時迎接他們盛大的開幕式。以後要在巴克禮海灣過陣亡將士紀念日的週末連假，就不會是這個樣子，再也不會了。如果他們失敗的話。

吉兒一定也在煩惱同一件事。她一邊橫越亞當斯街、一邊說：「我覺得，有羅伯加入，我們成功的機會也增加了，你說呢？」

「一點都沒錯，」班傑明說：「所以，百年難得一見的是，你沒有錯看他，錯的人是我。」

她斜眼瞅著他，笑容滿面。「麻煩你，最後一句再說一遍，記得要慢慢唸，還要帶著感情。」

他笑了笑，然後像是個歌劇演唱家張開雙臂，無比放鬆。「**錯的人是我我我我我！**這樣可以嗎？」

「非常好！」

「是喔，很高興您能滿意，因為以後我非常可能**再也不用**說這句話了。」

「最好是，別作夢了！」

他們在傑佛遜街角停下來，吉兒的家就在港濱步道山坡上的公寓大樓。

「班傑明，其實我滿以你為榮的。」

班傑明哼了一聲。「是嗎？這句話的笑點在哪裡？」

「我不是在開玩笑，」她說：「今晚我們三個在工作間，你所做的，我都看在眼裡。」

「什麼？」

其實班傑明知道她在講什麼。

「就是羅伯用手機展示高科技個人秀的時候。他秀到一半，你試著卸下首領的光環，讓他扮演智多星的角色；雖然多半時間他都非常臭屁。你做得很好。」

班傑明感覺紅暈爬上了脖子。他很慶幸天幾乎要黑了。

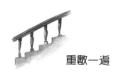

他用力嚥下口水。「我……我只是實話實說啊。你也知道那傢伙在某方面一定是天才。」

「是沒錯啦，」她說：「但我看得出來，你說的話和你說話的方式，對他來說意義重大。他應該嫉妒你很久了。」

「你是說**傑瑞特？**」班傑明哼了一聲。「你在說什麼啊？他幹嘛嫉妒我？」

「有很多原因啊，」吉兒說：「比方說，上星期六，假如翻船的人是你，他會跳下水救你嗎？我覺得羅伯有在想這個問題。至少我會想……」

班傑明不想離題，他把話題拉回剛才學校發生的事。「嗯，反正我很高興能對他說，我對他處理手機的事有多佩服。你說得對，這對他來說應該是有些意義。我說那些話的時候，你有沒有看到他的表情？」

吉兒搖搖頭。「我沒看他的臉，那時我在看的是你。」

然後她說：「班傑明，晚安囉。祝你和你爸出航愉快……他喊『準備迎風換舷』的時候，別忘了低頭喔。」

「我會的。星期二見。」

8 有利位置

「有沒有記得低頭啊？」

「什麼？」班傑明說：「哦，是啊，準備迎風換舷。有，每次我都有低頭。你看。」他指著自己的腦袋。「沒腫也沒瘀青。」

「很好。不過呢……」吉兒頓了一下，臉上浮現笑容，「你的腦袋可能需要狠狠敲一下，讓你清醒一點。」

「對啊……但萬一我沒**閃**掉，頭被敲到，最後變得更瘋瘋癲癲呢？想想我可憐的老爸，和瘋子一起被困在小帆船上。」

「也是啦。」吉兒點點頭。「而且我知道**那是**什麼滋味。」

班傑明笑著搖頭。「現在是怎樣？你改行演喜劇啦？我好懷念你成天只會罵我、兇我、吼我的美好時光哩。」

吉兒瞇起眼睛。「普拉特，小心不要亂許願喔，那些時光隨時都會倒流的。」

他們走到哈登巷的轉角。這是星期二的早晨，又是一個大好的春天，已經連續第四天了。他們身邊其他小朋友也都往學校的方向前進，每個人能走多慢就多慢。週末連假讓大家先偷嘗了一口暑假的美好滋味，很棒，但很殘酷。沒有人想回來上課。

班傑明和吉兒約好一起走路上學。途中她分享了她在溫尼帕索基湖的家族聚會，然後班傑明也稍微提到他乘帆船到普利茅斯的歷程。班傑明覺得他好像離開了一個月那麼久；暫時放鬆一下，脫離陸地的生活，**特別是**歐克斯船長和學校。

話說回來，航海雖然有趣，但他每分每秒都意識到船上少了媽媽。他很確定爸爸也注意到了。

不過他們沒說起那件事。事實上，他們根本沒講多少話。來回的航程感覺起來，與其說是五月，其實更像三月。他們乘著東風，每小時走二十到四十公里，大浪有六十到九十公分高，航行起來可刺激了。時光飛逝號也不負它的美名，簡直就和飛的一樣快。

到了星期日黃昏，他們在克拉克島北邊附近的達克斯伯里灣下錨停泊。迎風揚帆之後，他們在船上吃晚餐，接著疲憊得倒頭就睡。他們很少交談，即使說話，談的多半也是船、船的裝備和天氣，就是水手的談話內容。沒聊私事。沒聊家庭。沒聊媽媽。

想到這裡，班傑明也很好奇吉兒爸媽的關係。她媽媽對興建遊樂園投下反對票，但她當生意人的爸爸才剛買下兩千張葛林里集團的股票。他知道吉兒很煩惱……或許他應該關心一下。

不過他很慶幸吉兒先打開話閘子，而且挑了個不相干的話題。

「羅伯發了簡訊，說他找到李曼手機裡的那些人名和電話，你看了沒？」

班傑明點點頭。「我回碼頭做的第一件事，就是收簡訊。挺酷的。我猜，我們應該要查出很多聯絡人，那些資料說不定可以派上用場，也許能用來分散李曼的注意力之類的。我等不及要看傑瑞特印好的資料了。」

「對啊，我也是。」

他們橫越華盛頓街，一踏上校園，班傑明突然停下腳步，往前一指。「你看，木樁又被拔掉了！是你……」

吉兒伸出手掌給他檢查。「不是我啦。其實是學校董事會上星期五把它們拔光的。你沒聽說嗎?他們擔心小朋友會不小心跑過去，然後受傷，這樣學校就要吃官司了。要等營建的圍籬搭好，才會插上測量土地的木樁。」

「這就表示再也沒有木樁要拔了，」班傑明補充說：「如果我們好好表現的話。」

「說到我們的表現，羅伯在那裡。我想他大概收到你昨晚發的簡訊了。你看，他假裝把我們當空氣，不過他的演技不太好。」

沒錯。羅伯和他們走同一條路，朝大門的方向前進。他假裝沒注意到他們，裝得很吃力。班傑明面露微笑，眼神往別的方向飄。

在星期六晚上，他曾發了一則簡訊給羅伯：

在學校別跟我和吉兒混在一起。

你是守護者的祕密武器。

羅伯馬上就回覆了。

了解——隱形轟炸機

班傑明走進大門，抬頭一看，發現門框左邊有個李曼裝的黑色感應器。敵人逼近了。李曼已經把觸角伸進來，主動和他們對抗。

即使這樣，他們三人一同走進前廳時，班傑明還是很高興。只要別讓李曼發現羅伯有參與其中，他們競爭的關係就會比較平等。事實上……應該說是更能掌控戰爭中的有利位置。

班傑明和吉兒在辦公室前左轉。吉兒要去三樓上導師時間，而班傑明要上樓去置物櫃拿東西。班傑明回頭偷瞄，看見羅伯。他正往反方向走，朝北面樓梯前進。他也要去三樓上導師時間，但顯然想要避嫌，免得被人發現他和他們兩個走得很近，八成是怕臥底的身分被拆穿吧！班傑明暗自竊笑，這麼緊張好像有點蠢哩！不過話說回來，只要能掌控有利位置，就一點也不蠢。因為從現在開始，每天都有可能會開戰。

掌控有利位置……這是他第一次打雪仗時學到的概念。占據高處是很重要的。

南面樓梯間人山人海，班傑明緩慢上樓的同時想到了這件事。

他雖然沒真正**鑽研過**戰爭，卻讀了很多歷史戰役，發生在陸地或海上。海上沒有所謂的有利位置。古時候軍艦在茫茫大海航行，想要打贏戰爭，尺寸就得比別人雄偉、速度比別人快、槍砲比別人大。就算這樣也未必占優勢。有時，你趁夜摸黑或在霧茫茫中偷溜上敵船，可是敵軍通常在好幾公里外就看見你過來。想打勝仗，航行的速度就得比敵軍快，霸占開火位置，搶先發射大砲，**轟！**

在陸地上打仗又是另一回事，掌控有利位置可是至關重要。地心引力是種強大的力量。只要占據高處，你的大砲就能比敵軍射得更遠。不過，這也不能擔保一定會獲勝，你還是得比對方更聰明、更強大，或是準備得更周延，最好三項條件統統具備。

十月的時候，他做過一份社會科報告，題目是邦克山之戰。這個故事在他心裡留下深刻的印象。

一七七五年六月，波士頓遭到圍困。英國軍艦掌控了海港，以大砲轟擊城市。接著，英國將軍命令士兵登陸，進而占據港口邊的幾處高地——柏立得山和邦克山。

不過愛國的間諜聽說了攻占計畫，所以美國人率先趕到柏立得山的山頂。這七百人沒受過軍事訓練，使用的武器破爛，也沒有足夠的彈藥。但他們挖了壕溝，築起矮泥牆。

兩千名英國軍人開始爬上山。他們以為反抗者會落荒而逃，有的英軍甚至沒有把來福槍的子彈上膛。一位美國軍官下了這道有名的命令：「直到看到敵軍的眼白才准開火！」

英軍逐漸逼近，殖民地的居民等啊等，最後終於開火。每顆子彈都沒浪費。

不過英軍攻擊了三次，占據高地還是救不了殖民地的居民。他們從柏立得山頂撤退，美國人死傷慘重，總共有一百四十人喪生，超過三百人受傷。但英軍的損失更是**慘烈**，是所有美國獨立戰爭中士兵折損最多的一次，有兩百二十六人喪生，八百二十八人受傷。

由於損失太慘重，英軍改變了攻占多徹斯特高地的計畫，那是一處可以俯瞰波士頓的極重要高地。幾個月之後，占領高地的是誰呢？是喬治．華盛頓將軍！後來**美國人**開始用大砲轟擊英軍。愛國者把英軍完全趕出波士頓，最後更打贏了這場大戰。

班傑明數了最後五個台階，走上樓梯平台。要贏得戰爭、使美國獨立，並不容易。那眼前的這場戰爭呢？他當下覺得他的陣營在人數上落後，力量又不如人，勝利似乎遙不可及。

離開樓梯間，上了三樓之後，吉兒說：「你怎麼突然安靜的那麼可怕？在想什麼啊？」

班傑明聳了聳肩。「戰爭、戰略、諜報、傷亡者……像這類有趣的事囉。」

他在置物櫃前止步，按著密碼鎖。

「今天有什麼計畫嗎？」吉兒問他。

他點點頭。「有。我打算午餐吃兩塊巧克力蛋糕。我們還得想個辦法去查那個新據點。」

「你是指老鼠洞嗎？」吉兒說。

班傑明一邊微笑，一邊把置物櫃拉開。「對，我指的就是……」

他的話卡在喉嚨。他瞪大了眼睛。

「怎麼了？」吉兒問他。她湊上前，從他背後張望。

一張小紙片用膠帶貼在置物櫃的金屬門內側，上面有人用鉛筆潦草的寫下：

就一個外行人來說，還不賴嘛。

班傑明看的不是字條，而是膠帶。這紙條是用六小塊黑色電工膠帶黏在置物櫃門上，每一小塊都是圓的，而且和硬幣一樣大小。他指向其中一塊。

「李曼發現假感應器了。」

「我才不管他發現了**什麼！**」吉兒咬著牙說：「但他說什麼都沒有權利開你的置物櫃。你一定要跟學校報告這件事！」

班傑明掏出他的小相機，對著紙條拍了照片，然後從置物櫃取出一本傑克·倫敦的故事書，再啪嗒一聲把門關上。

「你就這樣**放著**不管它？」她問。

他冷酷的點頭。「這提醒我們要面對的是什麼。繼續思索下一步好嗎？況且現在他知道我們發現他的警報系統了。數學課見。」

吉兒來不及仔細研究他的表情，班傑明就匆匆走開了。

他穿過長長的走廊，經過羅盤玫瑰、歐克斯船長的巨大畫像，以及他們找到大鑰匙和保護裝置清單的祕密空間。他拐過轉角，匆匆步上北面樓梯，沒想到又高又瘦的李曼就站在三樓樓梯平台，倚著長柄拖把。他一瞧見班傑明，長長的臉就露出扭曲的笑容。

班傑明飛快的與他擦身而過，一次踏個兩階下樓。

「哇，小朋友，」李曼大聲說：「樓梯要慢慢走。春天很快就要結束了，如果用打石膏來迎接夏天，那就太可惜啦！」

班傑明繞過下一個欄杆柱，惡狠狠的瞪他一眼。他放慢腳步，但也沒慢多少。

班傑明慶幸的是，周圍的小朋友猜不出他在想什麼；他很高興吉兒也不在這裡，否則她一定看得出他內心的憤怒。他每往樓下走一步，念頭就愈來愈惡毒。

你這卑鄙小人！李曼，你想玩陰的是嗎？開我的置物櫃，亂翻我的東西？那我把你的卡車輪胎戳到沒氣怎樣？順便把你的擋風玻璃打破，如何？等你修好擋風玻璃，你猜會怎樣？一大罐白色油漆直接潑在玻璃上！還有，**討厭鬼**，聽好了，我知道你住哪裡。你家要出事了！被石頭砸破窗戶，大門台階上有狗屎。至於你家信箱呢？臭雞蛋、死魚、壓扁的臭鼬，都是**送你的驚喜！**哦，我差點忘了，**自大狂**，你手機裡的資訊在我們手上，準備接受二十四小時不間斷的轟炸吧！現在我要打電話給你住在亞利桑那州太陽城的媽咪，每天**凌晨三點**打去問候她，搞到她不得不換電話號碼。**怎麼樣？**我還要打惡作劇電話給你老闆，還有你老闆的老闆、老闆的老闆的老闆！**垃圾鬼**，你惹錯小孩了，現在，我要向你**宣戰！**

他走在通往一樓的最後一段階梯，這時他發現自己的手好痛，

因為他的手緊抓著前面口袋裡那枚大金幣，緊到手指都抽筋了。

金幣上刻的字浮現在班傑明的腦海中：**我的學校自始至終屬於孩子，為它而戰！**

為它而戰……

這幾個小小的字讓班傑明回過神來。

金幣有寫「摧毀任何膽敢攻擊校園的垃圾鬼」嗎？

沒有。它寫的是：**為學校而戰**。

歐克斯船長的計畫是：找出保護裝置，用它們來**捍衛**校園。他的計畫**沒有**授權對個人展開攻擊。捍衛的過程必須文明。

如今戰爭即將開打，而他、吉兒和羅伯已掌握了有利位置，這點班傑明很確定。如果他們頭腦靈光、做事謹慎，就能夠**守住**那個制高點。

他拐過導師教室附近的轉角，重重的吐出一口氣，那口氣多半是為了放鬆，但也稍微吐露了他的失望。因為他心裡有一部分**很想**對付李曼；他很想讓子彈上膛，瞄準目標，把他轟出小鎮。

不過船長的方法一定比較好。假如為了打勝仗，學校守護者得變成李曼那種人，那就意謂著要放棄另一種有利位置。沒錯，他們必須贏這場仗，但不是用變成壞人的方式。

戰爭開打，敵軍正齊步上山。不過他們可以建起堅固的防禦工事，只要保護裝置全部到位。

班傑明知道他們得做些什麼。如果學校守護者太早掀起最後戰役，敵軍就會制伏他們。在這個節骨眼上，他們需要的是勇氣和努力，更重要的是耐心——「直到看到敵軍的眼白，才准開火！」

9 密室

「嗯！」

「噓！」班傑明小小聲說。

「我聽到老鼠的聲音！還有那股氣味……」

「要嘛閉嘴，要嘛就出去，自己選一個。」

「我會安靜……我保證。」

「燈開著，老鼠就不會靠近。」

幾分鐘前，他們還以為這個星期二大概沒辦法在階梯底下探險了。李曼一整天都對吉兒和班傑明嚴加監控，隱形轟炸機羅伯又不願自己一人在黑暗中出任務。耐著性子，似乎是最明智的選項。

一如往常，放學後他們直接在圖書館占著各自的自習區；班傑明和吉兒在北面牆的凹室，羅伯則獨自在靠近美國歷史區的桌前。

至於李曼，也一如往常稍作停留，監視著班傑明和吉兒。只不過今天他甚至懶得假扮成工友，就這麼大剌剌走進來，瞪著他們，皺起眉頭，然後走人。

他一離開，羅伯馬上衝進凹室。「聽好了，」他輕聲說：「八分鐘內，你們兩個去北面樓梯調查那個據點，可以嗎？只能待**十分鐘**，然後馬上回來。」

「什麼？」班傑明說：「我們沒……」

「聽我說，我花了整整一個週末想出聲東擊西的計畫。從我下指令開始算**八分鐘**，可以嗎？」

「聲東擊西？什麼……」

羅伯搖搖頭。「沒時間了！」他看了手錶一眼。「八分鐘……**現在開始！**相信我！」

話一說完，羅伯就衝出圖書館，向辛克萊老師一邊揮手、一邊說：「我要上廁所！」

吉兒和班傑明決定相信他，這也是為什麼現在他們會站在階梯下的那個空間。

今天進門不費吹灰之力，欄杆轉得很順，三角形嵌板也無聲的旋開，由班傑明帶頭，他們蹲低身子，踏進門內。

進了密室、關上門後，他發現有個鍛鐵的鉤子，顯然是用來鎖門的。班傑明一手拿相機、一手拿手電筒，轉過身子。

他其實不太喜歡在這種場合當勇者，不喜歡負責拍掉蜘蛛網或是率先在嘎吱作響的地板踏上幾步。可是，向來天不怕地不怕的吉兒，卻對老鼠毫無招架之力。她緊握小手電筒的樣子，好像把它當作鐵達尼號的最後一件救生衣。

氣味的事，她說對了。這使他想起以前去過爺爺奶奶在緬因州的小屋，屋裡有蝙蝠的臭味。老鼠屎、蝙蝠屎，都差不多噁心。

約翰·范寧把這間小屋修整得很棒，班傑明很佩服他的手藝，牆上鋪的松木板之間幾乎沒有一點縫隙。他們抬起頭，看見階梯下傾斜的天花板同樣也鋪了松木。傾斜處的最高點有一盞被煤煙覆蓋的黃銅提燈，用鍊條拴著掛在釘子上，懸在空中。

班傑明不難想像歐克斯船長在那個年代做運輸生意，可以拿這個房間做許多用途，尤其當時在英國的統治下，殖民地的任何商品進出都要課稅。這裡是藏一箱箱茶葉、一匹匹絲綢或一桶桶糖漿的絕佳地點，同時也是一袋袋金幣、銀幣的安置處。

吉兒緊貼著他的背，差點踩到他的腳跟。「有老鼠嗎？」

「噓——沒有！」

他拿手電筒照著正前方，有一扇微開的門！原本他就料到會在左手邊發現一個空間，因為那是樓梯平台正下方，只是他沒想到這裡有扇門！門通往哪裡呢？他星期六晚上拍的照片並沒有拍到啊！

他從口袋掏出一張資料卡和一枝鉛筆，嘴裡咬著手電筒，草草畫出這個空間的平面圖。

「你看！」吉兒把光照向別處，班傑明猛一轉身。

在他們剛走進來的三角門旁有一片木板牆，有人在上面刻了計數符號。

「六十七。」她低聲說。

「閉上眼睛。」班傑明邊說邊將鏡頭對焦。

隨後他也閉上眼睛，喀嚓一聲拍下符號的照片。然後再次轉過頭去，發出閉上眼睛的警告，又拍了張照片。

「我要開門囉。」

「我要待在這裡。」吉兒說：「算了，等等，我也進去好了！」

她跨了兩步，然後把手電筒對準左邊。「你看！」她輕聲說：「**那個東西**擺在這裡幹嘛？」

班傑明也看見了。「不知道，」他回答，又說了聲：「我要拍照囉。」然後對準貼著後牆的狹窄鐵床拍了張照。那張稻草做的床墊已經破損，還穿過床板掉到地上。

「這是什麼鬼地方啊？」吉兒悄聲說：「真讓人渾身發毛！」

班傑明開門前，先拿手電筒照亮門鏈。門鏈是黃銅製的，因年代久遠而顏色暗沉。他輕輕推門，門鏈小小聲的吱嘎叫了一下，但如果是鏽蝕的鐵鏈，肯定叫得更大聲。

房裡其實沒什麼好看的。其中一處角落擺了個木桶，桶子的繩索提把都快爛了。另一處角落則是一小堆繩索，還有看起來像是羊毛外套的發霉東西和一點皮革，這些全被老鼠咬爛了。

班傑明覺得最有趣的東西就在他左手邊。地上有個扁扁的、生鏽的鐵塊，底下還鋪了張摺起來的、殘餘的毛毯。有一把大榔頭擺在附近；而那個鐵塊的其中一邊是一堆鏽得很嚴重的碎鐵。還有帶淺綠色的透明玻璃散落地面，以前可能是個瓶子。班傑明不停按下相機快門，將一切景象捕捉下來。

「還有多少時間？」他問。

「兩分多鐘，」吉兒回答：「但我覺得還是早點閃人比較好，你說呢？」

班傑明還沒拍夠呢！他站在房間中央，慢動作轉身，連拍了幾張場景重疊的照片。然後他走出房門，站在樓梯平台底下那區的中央，又重複拍了一遍。清晰的照片能夠幫助他們鎖定下次的搜索目標，他尤其希望天才羅伯能看個仔細。

「好了。」他小小聲說。

他們一同穿過矮門，並拉長耳朵聽。附近沒有聲響。班傑明點點頭，吉兒拉開門栓，推開嵌板。吉兒前腳才踏上樓梯間，就指向他們身後。「有麻煩了！」

他們在布滿灰塵的地上留下了腳印，還有老鼠屎。

吉兒把門關上，指了指欄杆。「欄杆你轉，這個交給我。」她輕聲說。

就在班傑明轉動欄杆、將它關緊的同時，吉兒脫掉她穿在T恤外頭的棉製薄外套。她跪在地上把那一區擦乾淨，撿起老鼠屎，包在衣服裡。

班傑明下樓時，她說了聲：「你看。」她扮了個鬼臉，伸長手臂遞給他外套。「這個你拿。」

班傑明微微笑。「好啊。」他把髒的那一塊摺到裡面去，最後把外套摺成一個藍色小包裹，夾到手臂下。

臨走前，他們環顧了屋內最後一眼，窺看走廊大門，然後匆匆離開，走向圖書館。

他們沒有在走廊上遇到李曼；進圖書館時，辛克萊老師也沒質問他們，或對他們投以異樣眼光。他們看到羅伯坐在桌前，對照一本大書猛抄筆記。他甚至連抬頭偷瞄他們一眼都沒有。

等回到他們位於凹室的座位，班傑明透過相機的小螢幕注視那二、三十張照片。照片雖然清楚，但要注意哪裡他卻沒有頭緒。沒錯，那是個房間，可是他們該在那裡找到什麼？還有那堆雜七雜八的東西又是什麼？

他聳聳肩。也許羅伯有辦法搞懂吧！

總之，這次突襲成功。無論羅伯究竟使出什麼把戲，他這招調虎離山計還真有一套。班傑明不認為他們找到下一個保護裝置，他們發現的東西好像沒多大用處。沒錯，這些古董挺有意思，但又不是遺囑的但書，或什麼力量大到足以阻止葛林里集團的法寶。不過話說回來，他們善用自己戰術的優勢，團隊合作十分完美，也證明了李曼無法把他們關在圖書館裡。

學校還是他們的。

10 值得信賴與難以置信

羅伯津津有味的嚼著洋蔥圈，思索了一下，然後說：「那還不簡單……我在南面樓梯間投了個**嘔吐物**手榴彈。」

「嘔吐物手榴彈？」班傑明說。

吉兒扮了個鬼臉。「我不想聽，尤其在吃完……」

「不是**真的**吐啦。」羅伯趕忙澄清。

「哦……真是太好了，」吉兒說：「假嘔吐物聽起來比較吸引人。可不可以等我喝完奶昔再說啊？」

時間將近四點鐘，學校守護者們在位於中央街的巴寇餐廳開祕密作戰會議。他們才剛坐進靠內側的雅座，吉兒就迫不及待問羅伯是怎麼讓李曼在放學後忙得分身乏術。

「我要聽手榴彈的那一段。」班傑明說。

羅伯咬下一口起司漢堡，同時搖搖頭。他很享受當教授的滋味，才不想讓卑微的學生指揮他上課呢。他慢條斯理的嚼著，再豪飲一口沙士，然後擦擦嘴，這才開了金口。

「首先，任何武器系統都有彈頭內的炸藥和輸送裝置，這兩者不能分割。在發射之前，腦袋裡要目標明確。就我們的狀況來看，目標是讓李曼遠離北面樓梯，其實應該是遠離學校的整個北側，至少二十分鐘。」

「那你為什麼只准我們待**十**分鐘就要離開？」吉兒問。

班傑明暗自竊笑。吉兒假裝很挑剔，但只有在她認為**適當**的情況下才會這麼做。她和班傑明一樣對這件事很感興趣。

羅伯舉起食指。「重要的作戰方針是，永遠要將失誤和機械故障納入考量，這叫有備無患。」

他又咬了一口起司漢堡，邊嚼邊說：「當你在考量武器設計時，千萬別漏了敵人。就這個狀況來看，我們的敵人是間諜李曼，只是他不能成天在校園裡晃蕩、監視。為了不讓臥底的身分曝光，他必須真的來當工友。所以，就像你們知道的，這是他的弱點。不過老實說，在今天的行動中，我多少參考了班傑明上週五在美術教室大鬧水災的計策，那是高明的聲東擊西戰術，用來完成一個明確的目標。」

班傑明睿智的點點頭。被專家讚美的感覺真好。

「好了，好了。」吉兒說，然後停頓一下，吸光剩下的奶昔。

「現在可以聽聽你的嘔吐造假傳說了。」

坐在隔壁桌的兩個老太太轉過頭來，不滿的瞪了吉兒一眼。顯然她們並不想聽什麼嘔吐造假傳說，於是向女服務生招手買單。

「這個嘛，過程其實和燉肉差不多，」羅伯壓低音量說：「你必須選對食材。首先我上校區網站，找到自助餐廳的時刻表，得知歐克斯小學今天的午餐是墨西哥捲餅、炒飯、火腿起司貝果和玉米，還有和平常一樣的甜點及水果什麼的。所以，為了做出逼真的嘔吐物……」

吉兒打岔說：「大多數的人活了一輩子，都沒聽過什麼叫『逼真的嘔吐物』吧。」

隔壁桌的老太太再度目露怒光，隨後起身走向靠近大門的收銀櫃檯。

羅伯繼續往下講。「我用了一點火腿片、一些冷凍玉米、一些萵苣、一丁點義式沙拉醬、六七顆壓扁的葡萄、少許蘋果汁、一大塊巧克力起司蛋糕、一片白麵包，然後淋上我的祕方——牛奶。」

「**牛奶？**」吉兒皺著鼻子。「幹嘛加牛奶？」

「你在學校餐廳倒垃圾時，沒聞過那裡金屬垃圾筒的味道嗎？尤其是在星期二或五、學校又溼又熱的時候？那種酸酸的噁心嘔吐味？那就是牛奶酸掉的味道啊。總之，我在星期六深夜把食材全都倒進一個超強的塑膠夾鏈袋，封好之後搖一搖，弄成糊，再藏在熱水加熱爐後面那既溫暖又陰暗的地方。接下來就順其自然了。等到星期二早上，我就有了一流的武器等級垃圾，也就是所謂的嘔吐物手榴彈。」

吉兒做個鬼臉。「你應該去申請專利。」

「那你的輸送裝置呢？」班傑明問。

羅伯哀傷的搖搖頭。「很原始，也很危險。我必須靠雙手來部署。我神不知鬼不覺的離開圖書館，繞到南面樓梯，再跑上五階。接著從二樓和三樓間的樓梯平台往下走，把塑膠袋裡的炸藥擠出來，黏呼呼的覆在六層階梯上，連牆壁也不放過。這樣才逼真。」

「那……**聞起來**怎麼樣？」吉兒悄聲問他，身體前傾，像是在看恐怖片時看到了最恐怖又讓人無法轉移目光的片段。

「**超完美，**」羅伯說，接著補一句：「聞到我差點要吐了！」

班傑明像是課堂上的學生一樣舉手發問。「但我不懂的是，你為什麼要叫我們等八分鐘，而且還得**分秒不差**？」

「啊，這部分很精彩呢，也顯示了我有多麼瀕臨崩潰狀態。因為我這個人觀察入微，而且總是過目不忘。你們都知道，我放學後會留在學校讀課外書、找老師問問題吧？這個嘛，因曼老師有個女兒在上托兒所，所以每逢星期二、四、五，她一定會在三點十分離開學校。我知道她什麼時候會走下南面樓梯，也知道她在經過辦公室的途中，會告訴韓登老師有人吐了。我也知道韓登老師或校長會打電話給李曼，要他馬上清理，免得臭味四溢。我算好了所需的時間，推估李曼會在三點十八分至少忙個二十分鐘，而且還是在校園裡和你們完全相反的另一頭。」

班傑明點點頭，並舉起汽水杯準備乾杯。「酷斃了！隱形轟炸機的襲擊啊！」

「這誰都做得到啦！」羅伯謙虛的說。

吉兒笑了。「這才不是你的真心話咧，我們聽了也不信。你是天時地利下的不二人選。」

班傑明望著櫃檯後方牆上的霓虹燈大鐘。「說到時間，我該走了，所以來做個總結吧。首先，羅伯，李曼知道我們拆了門上的警報器，這表示他大概很清楚我們又來攪局了。」

他對羅伯說置物櫃裡的紙條和膠帶事件，也表示李曼八成猜到金先生的鑰匙在他們手上。

羅伯輕輕吹了聲口哨。「這傢伙是玩真的哩。」

「你說得對極了，」班傑明說：「從現在起，我們應該假設他有某些方法能檢查每一扇門，而且說不定他會試著架設監視器或竊聽器材。我認為他應該急著想知道我們在幹嘛。對了，不管什麼時候，都不要把重要東西放在置物櫃，好嗎？說到那間新密室，我們得找時間重遊樓梯底下，可是什麼時候比較安全，我就不曉得了。羅伯，這個交給你想，可以嗎？」

「沒問題。」

「你有沒有電子信箱？我想把今天在那裡拍的照片寄給你。總該有個你家人不會使用的信箱吧？」

他們互留資料的同時，吉兒說：「也許我們可以在校園的什麼地方留紙條給羅伯……算了，這太白痴了。只要小心一點，上數學課、社會課或合唱團練唱的時候，我們都能小聊一下。李曼又不是在哪裡都布下了眼線。」

「那就這樣囉，」班傑明說：「今天的照片大家都要回去研究一下，羅伯也要想出另一個調虎離山計。之後留下情報時，我們都要**超級**小心。還有什麼要注意的？」

他們又花了幾分鐘時間算錢買單，然後步出店外。天空烏雲密布，班傑明從東邊吹來的微風中聞到雨水的氣味。

「明天見囉。」道別後，羅伯往西踏上橡樹街。

吉兒和班傑明穿過中央街，沿著水街往下坡走。

吉兒微笑著說：「羅伯很讚呢，你不覺得嗎？」

「對啊，他超讚的，」班傑明同意，「很高興他和**我們**站在同一陣線。」

當他們左轉來到馬迪森街的交叉路口時，吉兒說：「明天七點半見囉？雨下很大的話就再說了。管絃樂團有活動，我要帶大提琴上學，所以我媽可能會開車載我去學校。」

「我會到的，風雨無阻。再見。」

班傑明一邊走，一邊思索星期三早上該做什麼……然後他想起某件事：他應該買些肉桂捲回家當明天的早餐。於是，他又調頭往巴寇餐廳走。

他往右瞄了一眼馬迪森街，看見吉兒慢跑著走了半條街。他往上坡又走了六公尺左右，他在這裡已經能看見餐廳。

有個男人從店裡走出來，他身穿灰色帽T、頭戴新英格蘭愛國者隊的棒球帽。這個傢伙左顧右盼，接著拐過轉角，步上橡樹街，然後爬上一輛小卡車。卡車開走並往左彎時，班傑明逮到機會把車子外觀看個仔細，駕駛的側影也看得一清二楚。

這時，他非常確定一件事，那個人是李曼。

班傑明猛一轉身，再次往下坡衝，他的思緒也跟著飛馳。

李曼從頭到尾都待在那裡嗎？但……**怎麼可能**？他該不會坐在他們附近吧……**真是這樣嗎**？

班傑明馬上拼湊出幾種可能性。假如李曼跟蹤他和吉兒離開學校，就會發現他們和羅伯約在中央街碰面，然後一起去餐廳。所以……李曼很可能把運動衫的帽子一拉，就避人耳目的鑽進店裡，溜到靠近門口的雅座，然後攤開報紙。肯定是這樣……真是高招。

班傑明雖然理性評估李曼的能耐，卻免不了感到有點想吐，還差點頭暈。情況不妙。萬一李曼偷聽到他們的對話內容，哪怕只有一**點點**……

而最糟的是？這件事原本可以避免的。

班傑明立刻讓這個想法變得更具體：本來是可以避免的，**我**卻縱容它發生。

他最初想要只用電子郵件與電話和羅伯聯絡就好，但他沒有順著第一直覺，反而出了個餿主意，要大家今天下午在巴寇餐廳集合。這樣聽起來比較有趣。

有趣，**哈！**

他再次低估了敵軍的能耐。由於他領導無方，李曼擊落了他們的隱形轟炸機。他們失去了一個重要的戰略優勢，原本的有利位置如今變得岌岌可危。

碼頭映入眼簾，成群的海鷗倏然飛離沙灘，牠們的尖嘯聲劃破天空，像是在嘲笑他，對著全世界叫嚷著：**普拉特是笨蛋！普拉特是笨蛋！**

因為，這正是他此刻的感受。

11 資深顧問

直到星期三下午，班傑明才開始覺得自己沒那麼笨。巧克力蛋糕真是太管用了。

「來，親愛的，」金太太說：「我再幫你切一片。」

星期二晚上，班傑明有夠難熬的，他的情緒跌到谷底。

那天下午他一回家，就馬上發信給吉兒和羅伯，把在學校拍的照片寄給他們，然後說明他在散會後看見李曼走出那家餐廳。他也為自己差勁的領導能力道歉，特別是出了個餿主意，把羅伯當他們祕密武器的價值都毀了。

吉兒馬上回信：

班傑明，別擔心。李曼掌握的情報還是幾近於零。別再自責了。別忘了，你又不是大頭目。主意是你出的沒錯，但是是我們大家一起決定要今天聚會的啊！事情搞砸了，只有三分之一要怪在你頭上。民主制度嘛，還記得嗎？明早見囉。

吉兒的回信使他臉上泛起笑容，但不必要的挫折感還是在心頭揮之不去，而且挫敗的**罪魁禍首**，就是他。

不過，羅伯的回覆真的讓他打起了精神：

普拉特，安啦。就算李曼看見我也沒差！畢竟你發現他看見我之後，他沒看見你呀，這表示一切仍在我們的掌控之中。我們只要繼續假裝，以為李曼不知道我是守護者的一份子就好了，這樣就可以利用我來提供他錯誤的情報，就是間諜口中的假情報。這是個超完美計畫。我們很快就會把那隻痴肥的鬥犬耍得團團轉，讓他累得半死卻瞎忙一場。相信我。

剛才稍微看了你今天拍的照片。我有個主意，應該說是一種理論。可以把關於保護裝置線索的全文寄給我嗎？

羅伯口中提供李曼錯誤情報的理論，班傑明想想也覺得挺有道理的。所以，與其星期二整晚呆坐著牢騷滿腹、悶悶不樂，不如把所有功課都搞定，因為除了守護者的任務之外，數學、社會、英文和自然科學的作業並沒有減少。所以埋首做功課，對他來說反倒像是休息片刻，逃回正常生活。

三位守護者想好對策，將於星期三早上重返戰場。他們沒有人覺得這天重回樓梯底下是個好主意……但每個人都贊成要來測試一下羅伯的假情報計畫。

他們在自助餐廳出第一招。吉兒吃完午餐後，在黃色便利貼上寫訊息給羅伯。她偷偷把紙條遞給他，但李曼看到了，好像本來就該被他看到似的。

羅伯讀完訊息後撕掉紙條，將黃色小碎紙全塞進空牛奶盒。這一連串動作同樣被李曼看得一清二楚。羅伯吃完午餐後先歸還托盤，再將紙類垃圾扔進金屬大垃圾筒。

還不到三分鐘，班傑明就瞥見李曼扛著一個黑色大垃圾袋走進工友工作間，裡面裝的就是學校餐廳的垃圾。而袋子裡不只有羅伯的空牛奶盒，還有至少一百個一模一樣的牛奶盒。

守護者們其實沒有親眼目睹李曼找到碎紙條之前狂拆牛奶盒的過程，也沒人見到他將浸了牛奶的黃色小紙片攤平，或把那些碎片組成吉兒傳給羅伯的完整字條。可是星期三放學時，守護者們便知道，上述那些事，間諜李曼一定全做了。

那是用鉛筆寫的模糊字條，是吉兒的主意。如果李曼真有本事把撕掉的紙條拼回去，就會發現上頭唯一的四個字不難辨讀：「飲水機下。」

歐克斯小學的舊大樓有六台灰色的方形飲水機，每層樓有兩台。星期三下午放學時，吉兒、班傑明和羅伯發現李曼在三台不同的飲水機周圍拖地，這就證明了他找到吉兒的碎紙條，把它拼回去，還研究了他讀到的情報。

不用說也知道，李曼沒在任何一台飲水機下找到東西，其實根本沒東西可找。不過他一定以為自己聰明的竊取了那些顧人怨頑童的祕密情報。真是大錯特錯。

金太太拿著班傑明的餐盤從廚房走回來。班傑明暫時把李曼這號人物拋在腦後，誰叫這個女士做的巧克力蛋糕好吃到不行。

上星期他們在她先生的告別式見過面。她很感謝班傑明對那位受傷的工友這麼好，後來還將金先生的鑰匙給了他。除此之外，她邀請他哪天放學有空到她家坐坐。如果知道有蛋糕可吃，班傑明早就來了。

「瑪姬，這莓果真是鮮美啊。沒想到我們不在喪禮現場也能一飽口福！」

班傑明很快的瞄了金太太一眼，看湯姆．班登的話有沒有把她惹毛。班傑明絕對不敢對一個先生剛過世的寡婦這樣說話。

但金太太笑了笑。「湯姆，我非常希望哪天你走了，天堂會有一大碗水果等著你。」

湯姆笑得臉皺成一團，然後挑著眉說：「誰說我會上天堂？」

金太太又笑了。「我說的啊，班傑明大概也這麼想，對吧？」

班傑明滿嘴蛋糕，仍不忘微笑點頭。金太太故作堅強，卻被他發現她輕拭了眼角的一顆淚珠。要和人聊起亡夫並不容易，但她並沒有退卻。

「好了，」金太太說：「班傑明，我們在羅傑的喪禮上聊過，我請你來的其中一個原因是為了他的筆記本。他要我轉交給你，同時也要求湯姆在場。」

她拿出一本小冊子，皮製封面破爛，沒比資料卡大到哪裡，還用橡皮筋捆起來。班傑明知道小筆記本為什麼彎彎的，如果他把記事本放在前口袋一、兩天，也會彎成這個形狀。

金太太拿掉橡皮筋，打開小冊子。「裡頭記的事情大多稀鬆平常，有五金行的清單、自動調溫器的設定程序、送貨日期、預約服務，全是些雜七雜八、管理員需要記錄追蹤的事項。」

她翻閱著書頁，然後把筆記本拿給他們看。「不過，這頁的背面一定是他想讓你們看的資料。這一頁沒有標註日期，但看起來像是他生前最後留下的記錄。你們有什麼看法嗎？」

班傑明和湯姆湊上前看個仔細。紙上有很多組號碼，中間還插入幾個英文字母，全是用鉛筆寫的。其中一組號碼被畫掉了。

班傑明搖搖頭。「我看不出什麼，你呢？」

湯姆若有所思的嚼著一顆葡萄。「嗯……如果我沒搞錯，攤在我們眼前的是……一張藏寶圖。」

「**藏寶圖？**」班傑明小聲問，然後他說：「哦，**哦**——我懂了！這些是座標，對吧？像是航海圖上的經緯度！」

湯姆微笑著把另一顆葡萄塞進嘴裡。「不對。第三排有東西露餡了。假如你知道那個L代表什麼，就能破解密碼。」

班傑明皺起眉頭。「嗯……是指樓梯平台（Landing）嗎？街燈柱（Lamppost）？梯子（Ladder）？置物櫃（Locker）？提燈（Lantern）？救生艇（Lifeboat）……」

然後他突然眉開眼笑。「是圖書館（Library），它代表『圖書館』對不對？」

「很好，」湯姆說：「那『十二』這個號碼呢？」

班傑明起身踱步。「十二……一定是指十二號教室，因為如果從辦公室出發，會先經過十二號教室才到圖書館！」他停下腳步，盯著手冊內頁一陣子。「可是……其他數字呢？那些一和二？」

湯姆微笑著拿牙籤戳起一大塊鳳梨。「首先，看你有沒有辦法想出這九行數字裡，為什麼其中一行中間畫了一條槓。」

「簡單，」班傑明說：「是金先生畫的，表示這行不重要。」

「好，」湯姆邊說，邊拿一條蕾絲邊的小餐巾紙擦下巴，「現在再想想：他臨終前最後一天叫瑪姬把這個交給你，還說我也要在場，羅傑，也就是金先生，跟我說的最後一件事是什麼？」

班傑明用舌頭舔了門牙內側好幾次，然後笑了起來。「釣具箱、硬幣！他發現了一堆硬幣，所以這行被他畫掉了！至於這些，他認為還有其他八種寶藏等著我們發掘！對！一定是這樣！」

「很接近了，」湯姆說：「依我看，還有十個密室要找：一個介於四號和六號教室之間，兩個介於七號和九號教室之間，以此類推，在一樓、二樓、三樓。」

湯姆笑得更燦爛了。「好了，一位好的魔術師不該向外人解釋他是怎麼變把戲的，但是我得在這裡向你坦白，免得你心裡納悶我怎麼輕而易舉就解開謎底。今年春天，拆學校的事鬧得沸沸揚揚，那時我就告訴羅傑我是怎麼解開金幣的線索，又是怎麼找到那把大鑰匙和線索清單。羅傑馬上就發現我從沒注意到的東西——校園裡有其他十二個地方和三樓那裡一樣用踢腳板封了起來。他拆開二樓介於二十三和二十號教室之間的踢腳板時，果真發現了寶藏，所以就用電話留言給我，告訴我釣具箱的事。」

「所以，我們該把其他剩下的踢腳板都拆了，對不對？」班傑明說：「假如裡面真有更多金幣和銀幣，我們就有超多經費啦！」

「這個嘛，」湯姆說：「錢**再多**也不能讓葛林里那幫人改變主意，對吧？這個節骨眼或許不該把時間花在去找更多金幣。首要任務應該是找到其他保護裝置……至少我是這麼想。」

班傑明靜下來沉思，他們都靜默了。班傑明望向金太太身後，在沙發旁的桌上有一張用簡樸木框框起來的照片，照片裡是一對結婚的新人。他很確定女的是金太太，但男的……**難道是……？**

金太太看見班傑明臉上的神情，循著他的目光看去。

她微笑著說：「班傑明，我想跟你說個羅傑的小故事，不是那個板著臉的老管理員，而是我託付終身的男人。是這樣的，我從沒向任何人提這件事，所以請你好好保密，可以嗎？」

班傑明點頭之後，她繼續說：「羅傑從海軍退伍後，我們結了婚，兩個人窮得不得了。後來湯姆幫羅傑在學校找了工作，我們都樂翻了。我在麵包店上班，夫妻倆的工作時間都很長，但我們一直想存錢買房子。我還記得，結婚後一年多吧，五月的某個星期五，羅傑晚上加班後回到我們租的小屋，他叫我收拾行李，因為我們終於盼到這個週末要去度蜜月了。之前我們沒錢，也沒時間去。我雖然嘴上罵他傻瓜，卻還是收了行李跟他上車，然後那個傻傢伙還替我矇上眼罩。他開了將近兩個鐘頭的車，大部分的時間我都在打瞌睡，連要去哪裡都不曉得。最後他停車了，和我一起走進一家旅館……當時一定接近午夜時分了，而我的眼罩還沒脫下來！櫃檯接待員說：『先生，歡迎光臨。不好意思，我們的電梯壞了，要到明早才會修好。我幫您把行李搬到客房好嗎？』羅傑說：『好的，我

們是金先生、金太太，訂了蜜月套房。』

「我們跟著接待員上樓，終於到客房之後，羅傑付他小費，再關上房門。接著他從我身後走上前，拿開我的眼罩。我眨眨眼，發現自己面向一扇窗，眼前是我這輩子見過最大、最明亮的月亮。水面映著月光，還捎來輕柔的海風。原來我們正站在歐克斯小學的三十四號教室。書桌都搬走了，窗前還裝了蕾絲窗簾，房裡有一張四根帷柱的床和一座盥洗台，長廊走到底是男女生廁所。」

她微笑著對湯姆說：「我們吃的所有美味餐點，都是由那位人超好的接待員送到我們房門。我們在『歐克斯船長飯店』一直待到星期日下午。這是每個新娘子夢想中**最棒**的海濱蜜月了！」

她拿餐巾紙拭淚，然後一臉嚴肅的盯著班傑明。「班傑明，如果有任何事、**任何事**是我能幫忙保住學校的，儘管開口找我好嗎？

能答應我嗎？」

班傑明凝視她的雙眼。「我答應你。還有……還有，謝謝你和我分享……」他本來想講「你的蜜月」，但聽起來太私密了，所以他委婉的說：「……那麼多。」

「好吧，還要來點蛋糕嗎？」她問：「還是再喝杯牛奶？」

班傑明的手機在口袋裡急震了兩下。「不用了，謝謝。」他說：「嗯，不好意思，我先看一下手機。可能是吉兒或羅伯找我。」

是羅伯。

我在學校街的時候，看見李曼開車離校。我又折回學校，辛克萊老師放我進校門。我得驗證自己的推論。果然被我猜中了，南面樓梯和北面一樣有間密室！我進去後好像找到保護裝置了。一面印著數字十一，另一面印EBTC和一隻老鷹。你覺得呢？要回家了。再打給我！

簡訊附了一張照片，上頭有個看起來像身分識別牌的東西，旁邊還擺了一枚二十五分硬幣當作比例尺。

「親愛的，你沒事吧？」

班傑明馬上抬頭。湯姆和金太太好像很擔心，他臉上的表情一定嚇到老人家了。

「沒事……沒事。只是……羅伯覺得他好像找到保護裝置了，是某種金屬牌！」

他把手機往外伸，他們一起看著影像。「一面印著數字十一，另一面印EBTC和一隻老鷹。」

金太太和湯姆飛快的互換了一個眼神。

「怎麼樣？」班傑明問：「如何？你們知道這代表什麼嗎？」

金太太點了點頭。「我們這個年紀的幾乎沒人不知道ＥＢＴＣ代表什麼，那是愛居港銀行暨信託公司（Edgeport Bank and Trust Company）。」

湯姆補充說明：「我家裡有一把保險箱的鑰匙，上面也印著ＥＢＴＣ和一隻老鷹，不過編號是一〇七六。愛居港信託是波士頓以外首先成立的幾家銀行之一……船長一定是把什麼東西放在那裡保管。」

班傑明皺起眉頭。「可是……他有這麼一大間學校可以藏東西，幹嘛那麼費事的把東西放在銀行？」

湯姆聳聳肩。「只有一個方法可以得到解答。」

12 誰現身，就歸誰

隔天下午三點半，他們五個人，包括三位學校守護者和兩位資深顧問，一起走進愛居港銀行暨信託公司的大廳。假如有人瞥見他們，多半會猜是爺爺奶奶帶著三個孫子到銀行辦事。

一個穿藍色套裝的年輕女子走向這群人，她的高跟鞋在大理石地板上喀喀響。她留了一頭黑色短髮，臉上掛著親切的笑容。

「歡迎來到愛居港信託，我能為各位效勞嗎？」

令她驚訝的是，邁向前的竟然是班傑明這個小毛頭。「是的，麻煩你，我們有一枚貴行發行的紀念幣，編號十一。」他伸手讓小姐檢查，但不願把硬幣遞給她。

她彎腰湊近一瞧。「嗯……有意思。」她帶領他們穿過大廳邊的天鵝絨繩，指向擺設舒適扶手椅和矮咖啡桌的等候區。「請稍坐一下，我幫各位詢問。」

三分鐘過去了，班傑明開始覺得他們被人遺忘，這裡靜到連六公尺遠的巨大老爺鐘在滴答響都聽得見。宏偉的花崗石櫃檯後面有個出納員在數錢，數的每張鈔票都發出清脆的嘶嘶聲。

羅伯晃到高高的黃銅桌前，研究起存款單和提款單。他稍微環顧四周，然後從碗裡拿了根棒棒糖。吉兒看了蹙著眉，對他搖頭，他反而又回去再拿一根。

又過了漫長的三分鐘，一位整潔俐落、穿深灰色西裝的白髮紳士從他們右方走廊出來。他直接走向班傑明，對他伸手。「請問可以出示你的金屬牌嗎？我必須鑑定它的真偽。」班傑明心不甘情不願的把硬幣給他，接著他消失在同一條走廊。

不到一分鐘，男人就回來了。班傑明看不出他臉上的表情，大概是介於放鬆和敬畏之間吧。他把金屬牌還給班傑明。

他壓低音量，用謹慎克制的嗓音說：「麻煩你們幾位跟我來。」於是他們穿過走廊，厚實的地毯吸收了腳步聲。轉過幾個彎，他們被領進一間胡桃木板打造的會議室，用同樣奢華木材做的矩形大桌占去了房裡大部分的空間，座椅則覆上深綠色的皮革。

他們的嚮導指著椅子說：「請坐。」

他們坐在木桌的同一邊，銀行家關上門後，在他們對面坐了下來。班傑明把那枚黃銅牌子置於他面前打了蠟的木桌上。男人盯了紀念幣一會兒，接著清清喉嚨。

「嗯哼……我先自我介紹一下。我叫亞瑟．萊登，是愛居港銀行暨信託公司的資深信託專員。敝公司是一家金融機構，於一七九〇年成立。三十五年前，我加入這間信託部門的首項職務之一，就是為十一號信託專戶付起完全責任。」

他停頓了許久，一一端詳每個人的表情，才往下說：「十一號信託專戶在一七九一年二月成立，是這家銀行歷史最悠久的責任。過去兩百多年來，財產受託人一個接一個盡最大努力保管，並增加原本交託我們打理的資產。」

男人又頓了一下，掃視木桌對面那排面孔。「有沒有問題？」

湯姆．班登舉起手。「你這裡……有沒有零嘴……還是冷飲什麼啊？」

男人搖搖頭。「抱歉，沒有。我要問的是，對於我剛剛說的有沒有疑問？」

羅伯舉起手。「先生，你怎麼都沒問我們是誰？」

銀行家揚起眉毛。「小朋友，你問得很精闢，這個問題也帶到我接下來要做的說明。嗯哼……信託協定牽涉到三方，就是三個主要的參與者：**財產委託人**、**財產受託人和受益人**。簡單的說，**財產委託人**是資產的所有人，他將那些資產交付信託；**財產受託人**遵循委託人的指示，來管理這筆資產；而信託中最後留下的結果或利益，都歸**受益人**所有。就這個例子來說，銀行是財產受託人……」

「對，」羅伯說，這次他連手都懶得舉了，「這我們知道。有人留下什麼東西，還給了鉅細靡遺的指示，你們遵照指示辦理，而今天我們帶著十一號牌子現身了，你怎麼連我們是誰、又怎麼得到紀念幣都沒問？」

男人目光閃爍，但語氣保持平穩。「因為根據財產委託人的指示，無論是誰，只要帶著**那個東西**現身，」他指了指黃銅牌子，「我都要將十一號信託下的所有資產全部交給他。」

「誰現身都行？」羅伯問：「你的意思是，**任何人**都……」

男人打斷他的話，繼續指著牌子。「沒錯，任何人，只要帶著**那個**走進銀行大門，都算數。」他打開面前的文件夾。「那麼……」

「不好意思，」羅伯也打岔，接著頓一下，歪著腦袋，「你怎麼知道這枚金屬牌是**真的**，不是我在自家地下室偽造的？」

亞瑟．萊登交疊雙臂。「這就恕我無法告知了。」

「那……誰是財產委託人？」羅伯準備打破砂鍋問到底。

銀行家搖搖頭。「信託的條款不允許我透露這項內容。」他瞪著羅伯。「可以讓我說下去了嗎？」

「當然，」羅伯說：「其實我們都知道信託是誰設的啦。還是請你往下講。」

「嗯哼……」男人從外套口袋取出眼鏡，擱在鼻梁上。「原先的信託存款是許多來自不同國家的金幣，主要是英國和西班牙。我們依照指示保管金幣，等過十年再將它們兌換成美元。正如我以下引述的條文，後來我們也依循指示：『把基金投資在商譽良好且與交通運輸業（運輸貨物和／或人）相關或支持該產業的美國公司。』我們也依照指示，**無限期**這麼做，以信託的名義將獲利不斷的繼續投資下去。」

「你有公司的名單嗎？」班傑明問。

「當然有。」男人翻閱文件夾，然後將其中一張紙滑過木桌。

班傑明掃視文件時眼睛一亮。他開始高聲朗讀：「快船公司、旅行車製造商、馬場、四輪馬車與雪橇製造商、巴斯鋼鐵廠、三家不同的道路建設公司、富國銀行集團、錨索江輪公司、聯合太平洋鐵路公司、美國單車公司、印度摩托車公司、美國輪船公司、標準石油公司、固特立橡膠公司、通用汽車公司、福特汽車公司、六家貨車運輸公司、泛美航空公司……就連波音客機這樣的飛機製造商也名列其中！這根本是全美國的交通運輸史嘛！」

「萊登先生，」吉兒輕聲說：「麻煩你告訴我們基金的情況。」

銀行家對她展露笑顏。「我還以為永遠不會有人問呢。」他翻閱更多文件。「嗯哼……一八〇一年，銀行出售金幣後，最初的投資總額是一萬四千三百七十七美元，並以每年百分之四點二的比率成長，雖然不比美國股市自一八七一年起的平均獲利高，我要強調的是，光靠交通運輸相關產業維持每年百分之四的資產成長其實並不容易。事實上，我們相當引以為傲。」

萊登先生摘下眼鏡，從外套口袋掏出一條絲綢手帕擦拭鏡片，再把眼鏡穩穩架在鼻梁上。

「嗯哼……那麼，你們一定很清楚銀行每年會抽佣金吧？而且貨幣市場上每天都有變動……還有，不用說也知道，我們的信託關係曾歷經幾段艱困時期，像是一八一二年的英美大戰、南北戰爭、一九〇七年金融危機、一次和二次世界大戰、經濟大蕭條……」

「先生，這些我們都知道，」羅伯打斷他的話，「美國整體的歷史。那現在、今天，信託裡有多少錢呢？」

「嗯哼……八千八百二十三萬一千美元。」

金太太倒抽一口氣，然後沉默了兩秒……五秒……

班傑明輕聲說：「八千八……百萬？」

銀行家點點頭。「對，差不多。」

「這個數字還……真大……你說是吧？」金太太吸了口氣。

「沒錯，」男人表示同意，「說到賺錢，沒什麼比得過**時間**。」

吉兒結結巴巴說：「那筆錢，我……我們怎麼用都可以嗎？」

亞瑟．萊登先生臉上再次漾起笑容。「這又是一個**非常**精闢的問題。我的答案是：對……也不對。我再引述一次信託文件的條款內容：『無論是誰，只要帶著十一號紀念幣現身，毫無爭議，即能使用基金總額，唯一**條件**是，該筆基金只能以誠信為本，用於位在麻薩諸塞州愛居港、華盛頓與大洋街之間的鄧肯．歐克斯船長小學之福祉、維護，以及永續經營。』」

「可是假如……」羅伯歪著頭說：「假如學校一百年前被燒毀之類的，銀行會用那筆基金重建校園嗎？」

萊登先生揚起一邊眉毛，對他皺起眉頭。「信託中有幾項特定條款，是我無權和**任何人**討論的。」

班傑明又小聲複述一遍：「**八千八百萬美元！**」

羅伯說：「現在那筆錢歸我們管囉，**我們**五個？」

「沒錯，」銀行家說：「現身的是就是**你們**。」

13 不太確定

現在是星期五下午三點二十二分。班傑明、吉兒和羅伯在圖書館裡；李曼剛剛巡了走廊兩回，看有沒有人在閒晃，巡完之後就離開了，至少五分鐘內不會回來。他一走，三位學校守護者就冒險在凹室召開閃電會議。在學校時，班傑明和吉兒還是故意離羅伯遠遠的，這樣李曼就會繼續相信他們仍試圖隱瞞相互勾結的行徑。

羅伯溜到班傑明身旁的長凳，悄悄問他：「查過這裡沒有擴音器了嗎？」

班傑明點點頭。「查過兩次了。」

「很好。」羅伯笑著說：「那你們有沒有想到可以怎麼運用這筆錢呢？我有**超多**點子的！」

「首先呢，」吉兒乾脆的說：「這筆錢並不屬於我們，還有**規定**要遵守。」

「是是是，小氣鬼，這我都知道，不過還是有很多酷炫的法寶是我們真的可以拿來運用的嘛！」

吉兒嗤之以鼻。「你大概想要一艘時速一百一十二公里的大汽艇吧，免得李曼試圖連夜把整座學校偷偷搬走、拖去海上。」

羅伯假笑幾聲。「哈。哈。哈。你真好笑……我是說你的樣子啦。我會和財政小組的**其他**三位成員繼續討論。」

星期四和金太太從銀行搭車回家的路上，吉兒就怪羅伯對銀行家很沒禮貌，結果兩人吵了一架，從那時候起，大夥的氣氛就降到冰點。現在班傑明想要換個話題，但吉兒還是繼續講。

「羅伯，你也聽到萊登先生說的，如果要動用**任何**一筆錢，都得**全員一致**通過決定，我們五個都得簽同意書……你可別忘了這個小細節。」

「對了，羅伯，」班傑明馬上接著說：「你一直還沒說，你對北面樓梯底下的密室有什麼看法？」

羅伯搖搖頭。「等我親眼看了裡面所有器具才會發表看法。」

吉兒翻了個白眼，班傑明知道她心裡在想什麼。其實他也對羅伯的態度感到厭煩了。對，這小子聰明絕頂，只是……

吉兒又跳進來參與。「我看不出來現在有什麼方法能重回密室。我的意思是，李曼**知道**我們手中握有鑰匙，也**知道**他偷裝警報系統的事被我們發現了，所以他八成會一直加裝新的保全設施。他這個人就是喜歡逮到我們違反校規，或做什麼違法的事。到時候我們就**玩完了**。」

班傑明很認同吉兒說的話……只是這時他靈光乍現，腦中萌生一個完整的小計畫。他在轉眼之間就知道這招會奏效，於是趕忙在羅伯發現、或有時間想到更聰明的點子之前，把通盤計畫說出來。

「聽我說，」他說：「不然就選今天，就是現在，我們去每扇門前把李曼放的感應器統統拆掉，每一個喔，如何？他絕不可能有足夠的空閒時間把它們全都裝回去，至少要一整天才能弄到更多感應器吧？我們把他的系統全數殲滅！接著等到凌晨三點，就算晚上他親自巡邏校園，也不會待到那麼晚，到時我們現身，選扇門就能進去啦！」

吉兒一臉狐疑，班傑明看得出來她其實也很受傷，覺得自己像是轉而和她作對似的。她眉頭一皺。「這個嘛，我沒辦法凌晨三點溜出來。還有，班傑明，你住在你爸船上，有什麼風吹草動他都會聽見，你也知道他一定聽得見啊。」

「要不然……」羅伯說：「今晚普拉特來我家過夜吧，從我家溜出去很簡單，沒問題啦！我一定要**看看**那些東西。」

吉兒搖搖頭。「太冒險了。不值得。」她緊鎖下巴，導致下唇微微外凸。

班傑明很清楚這個表情。她下定決心，不會改變主意。

羅伯轉頭注視班傑明，揚起一邊眉毛。「普拉特，你說呢？」

其實他想問的是：**你是站在我這邊……還是站在她那邊？**他們三人心裡都有數。

班傑明看著吉兒，希望她回心轉意，因為他打從心底覺得這個計畫行得通……況且，倘若羅伯過去的成就不是誤打誤撞，樓梯底下說不定真的有什麼重要的東西。

但吉兒只是低頭凝視圖書館的桌面，下巴依舊緊鎖不放。

班傑明拿定主意了。「過夜的事，我問問我爸。」

羅伯往班傑明背上拍了一下。「太好了！那麼，把新大樓也算進去的話，一共有十二扇門，所以我們三個一人只要負責……」

吉兒倏然起身，把報告塞回背包。「你們責任對半分，不要把我算進去。星期一見。」

「噢，吉兒，」班傑明說：「你不要這樣……」

「**怎樣？**」她回嗆他。「謹慎？還是理性？明明是你一直要大家耐著性子不要衝動，這次你就自己搞定吧……**普拉特！**」

吉兒把書包往肩上一甩，掉頭就走。

羅伯分秒必爭，馬上說：「你去拔南面和東面門上的感應器，北面和西面的交給我如何？就算被李曼發現也沒關係。他又沒辦法把我們推到一旁，或跑去檢舉我們關掉他的私人監視系統……」後來他注意到班傑明的表情。「嘿，」他說：「別擔心吉兒啦……她會回來的，你很清楚，她一定會歸隊。」

但這點班傑明可不太確定，而且他和羅伯離開圖書館各自解散後，就開始懷疑自己做錯決定了。現在他還來得及喊停……緊急煞車，然後打電話給吉兒，向她道歉。

但班傑明不想這麼做。畢竟他有過一次半夜溜出家門的經驗，那超好玩的……應該說普通好玩啦！況且這次有羅伯同行，肯定更加刺激。老實說，只有他們兩個來執行這次任務，說不定比較合適……只要他們非常非常小心，哪會有什麼損失呢？

班傑明現在站在正門，不鏽鋼尺早已握在手裡。他東張西望，把門推得很開，往上伸長胳臂，將尺的邊邊掃過感應器的底角。感應器就這樣鬆了，掉在地上。他把它撿起來，塞進口袋。

他任門自動關上，快步經過辦公室，朝公車專用道旁的入口前進。其中一扇門解除武裝了，他得盡快解決另外五扇門，同時要避免被李曼發現。計畫啟動了，得讓那位高個的傢伙措手不及。

想到這裡，班傑明的嘴角上揚，然後稍微把句子修正一下——

我的計畫啟動了。

14 改寫歷史

晚上七點半左右，爸爸把車停在畢勤街三十七號門前，班傑明定睛一看，還以為弄錯地址了。羅伯住在一個正面兩層樓、背面一層樓的小屋，和班傑明想像的很不一樣。他去年有了一艘全新的比賽船，又總是穿得光鮮亮麗去上學，所以班傑明以為羅伯家一定很有錢。班傑明和爸爸踏上正門外的步道時，他發現這間房子需要重新粉刷，正門階梯也有兩塊木板開了很大的裂口，不至於危險，只是沒那麼整齊乾淨。

「嘿，班傑明，進來吧。普拉特叔叔好，這是我奶奶。」

班傑明的爸爸向前邁步和一位年約六十五歲的婦人握手。

她和藹可親的微微笑，直握著他的手不放。「普拉特先生，很高興見到你，一聽說班傑明要來這裡過夜，我開心得不得了。這樣我才有機會親自向你們道謝，謝謝你兒子幾星期前救了我家羅伯。希望你已經收到我的致謝留言。」

「是的，我收到了，謝謝，」班傑明的爸爸說：「我太太說你寫了信給班傑明。我們都以他為榮，我也很高興見到他們兩個玩在一起，而不是你爭我奪、看誰第一個繞過浮標。」

「是啊，我相信他們會玩得很開心。明早約十一點我會出門辦事，到時候再送他回去好嗎？你們胡桃街的地址我還留著。」

「事實上，」他爸說：「方便的話，能不能請你送他到帕森斯遊艇碼頭呢？這星期他輪到和我住。」

「好的，沒問題。說真的，我好高興見到你。」

「謝謝，我也是。」他轉向班傑明說：「好好的玩，但也要守規矩，知道嗎？」

「爸，我知道。再見。」

班傑明跟著羅伯進門，穿過客廳，他發現這裡的椅子和沙發並不高級，地毯也有點磨損。不過木頭地板有上蠟拋光，整間屋子一塵不染，井然有序。廚房雖然樸素卻整齊乾淨，空氣中還瀰漫著巧克力脆片餅乾的香味。

廚房再往裡走是一間屋後加蓋的日光室。羅伯指著門口，從那裡走出去就是後院。

他悄聲說：「你看，到那個時候，做那件事將易如反掌。」他又指了指，說：「把睡袋扔沙發上吧，我要睡那裡的吊床。我求奶奶求了將近二十分鐘，她終於肯讓我們睡在娛樂間。很棒吧？」

「是啊，她好像人真的很好。」班傑明說：「你爸媽在外地？」

「不，」羅伯慢吞吞的說：「他們應該也算在鎮上，只是……已經過世了，現在在公理教會後面那塊墓地。他們是因為六年前的一場車禍走的，而我爺爺則是三年前過世。所以在畢勤街三十七號，一週七天都會上演寡婦孤兒秀。歡迎參觀週五晚上的演出。」

班傑明猛一轉頭，看著羅伯的表情。他在開玩笑嗎？不，不可能，沒有人會開這種玩笑……他臉上沒有笑容。班傑明不知該做何反應，只是猛吸了一口氣。其實羅伯講到車禍那段時，班傑明沒發現自己一直屏住了呼吸。

「我……這些事我都不知道……全都……不知道。」

羅伯聳聳肩。「別擔心啦，知道的人不多。我的意思是，那是我念幼兒園時發生的，所以校園裡不會到處亂傳這些。老師們都知道，因為親師會之類的活動都是我奶奶出席。但一切還過得去。」

班傑明微微一笑，不知道該接什麼話。

「那麼，」羅伯接著說：「你要不要吃點東西？我奶奶做的超濃巧克力脆片蛋糕好吃極了，我們家還有冰淇淋，好吃的東西應有盡有。」

班傑明搖搖頭。「不，謝了，也許等一下再說。我剛剛和我爸在牛排館吃過晚餐。喔……我是說，對，我……我剛吃過。」

他竟然提起自己的**爸爸**？羅伯才剛講到他家裡發生的不幸耶！**太白痴了吧！**

班傑明感覺自己滿臉通紅。

羅伯狠狠盯著他。「普拉特，你聽好了，這我都知道好嗎？幾乎每個人都有爸媽，但我**沒有**。這就是人生，我也願意接受。所以沒什麼好彆扭的。真是夠了！」

「對不起。」班傑明說，依舊脹紅了臉。

「還有，普拉特，你也**不用**說抱歉。我還是和以前一樣，是個愛出風頭的混蛋對吧？所以放輕鬆……否則我要過去給你一拳！」

班傑明笑了。「對。混蛋。還有愛出風頭……真貼切啊。」

羅伯指向沙發旁的桌子。「把遙控器丟給我。奶奶說我們什麼節目都能看，只要不是輔導級或特別輔導級就好……要不要查一下頻道節目表？不然我們也可以打電動……」

晚上十一點四十五分，電視關了，但還熱呼呼的。

羅伯說：「我知道現在還早，不過只要保持安靜，奶奶在十分鐘內就會打呼。我們或許也該補眠一下，把手機鬧鈴設在兩點半，你覺得如何？」

班傑明不敢相信羅伯竟然問他的意見。他當了整晚的大頭目，對每件事都下了指導棋，像是決定要看什麼電影（「不要啦，那部很難看……這部我們都愛看。」）、玩不停的《極速快感》賽車遊戲（「我打遍天下無敵手！」），就連要吃什麼零食都由他決定（「酸奶油洋蔥脆片**最棒啦！**」）。

班傑明點點頭。「是啊，補眠一下好了。」

他們都設了鬧鈴，然後羅伯關掉吊床邊桌上的檯燈。燈關了之後，日光室一大片的玻璃牆和天窗就變回普通窗戶，不再像鏡子。

等眼睛適應黑暗後，班傑明覺得他們好像睡在戶外。今晚沒有月亮，稍早他查過月相表了。不過街燈投射了足夠的光源，照亮他們頭頂的橡樹和楓樹，樹枝的輪廓襯著多雲的夜空搖曳生姿。

過了五分鐘左右，班傑明感覺羅伯也還沒睡著。兩個人光這樣躺著，清醒得很卻又什麼都不說，好像有點奇怪。話說回來，休息一下倒也輕鬆，畢竟羅伯整晚一直在說話沒停過。

況且，他們之間還有什麼話可聊？

其實，我可以坦白的對他說，他又開始惹人厭了，尤其是對吉兒……

想到這裡，他就在心裡竊笑，可是腦中馬上響起媽媽的叮嚀：

如果嘴裡說不出好話，那就什麼也別說。

說好話？對傑瑞特說？**不講難聽的話**可以嗎？

「你知道嗎？今天晚上啊，」班傑明輕聲說：「你說你還是那個愛出風頭的混蛋，其實你在我心目中一直差不多是那個形象。」

嗯……這是哪門子好話？

但班傑明在羅伯回話的嗓音中聽見了笑意。

「你也知道，這不是什麼新聞了。」羅伯頓了一下。「那……現在呢？」

班傑明已經準備好要怎麼回答，而且這個答案差點讓他自己笑到噴淚。「有進步哦，從D^-進步到C^+。」

羅伯輕聲笑了。「這成績不錯嘛……」他又沉默片刻。「你知道嗎？我滿羨慕你的，你爸媽從沒錯過你在學校的任何一項活動，不管是合唱團演出，還是四年級美術作品展，就連我們在殖民時期紀念日表演的那齣白痴話劇，他們都沒有缺席……你演的是溫斯羅普總督。」

「不過你得到了歐克斯船長的角色呢，我超嫉妒的！」接著班傑明補充說：「那時候我還很嫉妒你是有錢人家的小孩，每次都穿新衣服上學，還有去年那艘船，真是嫉妒死我了。」

「我？**有錢人家？**」羅伯真的感到很意外。「你搞錯啦，大錯特錯。是我爸媽生前買了保險，那筆錢成了信託基金。所以我奶奶每個月可以領到錢，支付我的生活費；她很堅持要我上學時穿得體面一點。至於那艘船，是我伯父麥克送我的禮物。他不算很有錢，只是自己沒小孩，所以每當他為去世的弟弟難過時，就會跑來找我。我要說的是，能擁有那艘船和這一切，我還是很感恩，只是和你的船不一樣。」

班傑明在沙發上坐直身子。「**我的船？是誰跟你說的？**我本來打算下週末在海灣和你比賽贏你才要說的！」

「噓！你要吵醒奶奶了啦。」

班傑明又低聲說：「是誰跟你說的？」

「吉兒啊，她說是你爸媽聯手送的……不過，普拉特，想得獎就別作夢了。真正的水手是贏在比賽，而不是贏在船的好壞。」

「是是是，吹牛高手。」

「你是說得獎高手吧！」羅伯說。

「當**混蛋**，你是高手沒錯，」班傑明說：「愛出風頭也是你的強項，分數又被扣回D⁻啦！」

他們兩個都笑了，接下來屋子陷入自在的沉默。

班傑明打了個哈欠，十秒鐘後，羅伯也打個哈欠。

「那，」羅伯說：「再過兩個半小時，我們就要出發了。」

「應該說，**五聲鐘響**後，我們就要出發了。」

「隨便啦。普拉特，睡一下吧。」

「好，你也是。」

但班傑明還是保持清醒。一如預期，他聽得見羅伯的奶奶在樓上的打鼾聲。有一根矮樹枝三不五時刮過屋頂。才過幾分鐘，他就聽見羅伯的呼吸落入深沉規律的節奏，像是打在沙灘上的海浪。

他很高興羅伯把他爸媽的事和有新衣服穿的原因與他分享，還有他的豪華新船。這些對他來說無非是大新聞。不過說真的，這反倒更像是學到了一段新的歷史。你不斷往前走，以為世界就是你認知的那個樣子，但獲得幾項事實後，一切就此改觀。

班傑明非常確定的是，他再也不會用同樣的角度看待羅伯了。

他覺得這是好事一件。

他也覺得，這讓他對自己家裡的那些問題有不同的看法。

而這也是件好事。

15 逮個正著

從羅伯家裡溜出來，就和起床、換上黑色運動衫、抓了背包、從日光室躡手躡腳下樓梯一樣簡單。

街上沒有車聲，中央街沒有，就連塞勒姆街也沒有。從徐徐吹向陸地的海風味判斷，班傑明知道現在海水在低潮點；空氣中瀰漫著濃濃的爛泥味。

「這邊。」羅伯說，班傑明緊跟在後。他家後面有條小巷，可以從那裡抄近路通往橡樹街。

羅伯沒走平常上學的路線，反而穿越中央街，走教堂街，中途經過公理教會。

班傑明想起羅伯的爸媽埋在教會墓園。知道自己的爸媽長眠地下，他心裡不知道是什麼滋味……他還清楚記得他們嗎？……畢竟當時他那麼小。班傑明拋開這些疑惑，專心躲在陰影下行動。

四分鐘後他們來到校園的樹下，面向大樓南側。羅伯輕聲說：「我們慢慢來，先檢查大樓，再往裡面闖。你覺得該走哪扇門？」

這個問題，班傑明已經想過了。「我覺得東北邊的門最保險。」

「不會吧，」羅伯說：「李曼知道你用過那扇門了！假如他有多的感應器，一定會設在那扇門上，這才合乎邏輯啊。」

「對喔，」班傑明說：「不過他也可能猜到我會考慮這點，就根本不去管那扇門，反而把多的感應器裝在別的地方。」

「也是啦……」羅伯慢慢的說：「但萬一他料到你會識破他這

招，還是有可能在那裡設感應器的！」

「沒錯，」班傑明說：「這表示機會差不多一半一半。可是我知道那扇門要用哪一把鑰匙開，況且那裡又是離北面樓梯最近的入口，所以，算起來還是最佳選項。」

他們繞到學校北側。凌晨兩點五十五分，港灣步道上空無一人，他們索性用跑的，穿過最後近二十公尺的露天空地，開門躲進室內。班傑明跟在羅伯身後進門，保持開門狀態兩秒鐘，用手電筒檢查一下門框上有沒有感應器……沒有，危機解除。

他們按照原訂計畫，一進門先在緊急出口標誌的紅光下站三分鐘，如果有什麼風吹草動就能奪門而出，往不同方向逃跑。

班傑明拉長耳朵，聆聽任何可能的威脅。什麼也沒有，只聽見海浪拍打著堤防的含糊聲響。

「走吧。」羅伯輕聲說。

班傑明點了點頭，跟著他穿過走廊，朝北面樓梯前進。班傑明走不到十五步，口袋裡的手機就急震兩下。是一則簡訊。他猛然止步，羅伯也跟著停下來，因為他也聽見了。

「**是李曼嗎？**」他低聲問。這是班傑明第一次看見羅伯臉上寫滿恐懼。

班傑明匆匆看了一眼手機螢幕，然後緩緩呼了口氣。「沒事，先在這裡等我。」他走回門口，幫吉兒開門。

「我還以為你不會來呢！」他悄聲說，但話一出口，馬上覺得自己語氣中帶著太多情感了。

吉兒淺淺一笑。「我從兩點半開始，就在等你們兩位青少年竊賊了。」

他邊走邊問吉兒：「你是怎麼溜出來的？」

「我家廚房有扇門通往屋後階梯，地下室雜物間有扇門能通往小巷。很簡單啊。反正只要避開路上的警車和遊民就大功告成。」

羅伯一見吉兒就咧嘴笑。「嘿，很高興你來了……不好意思，之前我很差勁，實在是……」

「行了，我知道，」吉兒說：「你真的、真的、**真的**很想再看看那間密室。那我們走吧。」

兩分鐘後，他們來到北面樓梯底下，羅伯拿著手電筒到處走，在不同物件中移動，同時掃視他從褲子後面口袋掏出的小記事本。「聽好了，」他邊說邊用鉛筆記錄，「**什麼**都別碰，知道嗎？保持現場的完整非常重要。」

要班傑明站在門口，他沒什麼意見；吉兒也樂得與出口保持距離。空氣中瀰漫著同樣的老鼠味，腳底下也有新的糞便。班傑明拿光一照，只見蜘蛛們忙得很起勁，不過比起他和吉兒第一次來的時候，蜘蛛網倒是少了不少。

羅伯走進鄰近的小密室，興奮的輕聲叫著：「嘿，你們快點過來看！」

他們進去後，發現羅伯蹲在班傑明初次造訪時發現的那堆碎鐵旁。「看到了吧？」他一面說，一面拿筆尖移動一片碎鐵。「鐵片這裡看起來少了一塊，邊邊又很銳利？那是用榔頭和某種鐵或鋼製的鑿子割的。這些全是奴隸身上卸下來的！」他邊指邊說：「那是腳鐐，而這些像手銬。我很確定。隔壁的那張鐵床？我上網查過，直到一八二〇年才有那種床。至於門邊那些計數符號？代表的是**人數**！很驚人對不對？這裡是黑奴的藏身處，也是廢奴主義擁護者把黑奴送往自由州或境外的地下祕密通道之一！這點我很**確定**！」

「六十七，」吉兒輕聲說：「門邊的計數符號畫了這麼多槓！這……很有歷史價值耶！」

「這裡也是絕佳的掩護，」班傑明說：「不過就是一間**學校**，有誰會猜得到呢！而且就在海邊，逃亡的黑奴可以直接跳上小艇，再馬上轉搭大船逃往加拿大。」

「你們知道這**代表**什麼，對吧？」羅伯說，他瞪大的雙眼炯炯有神。「這表示學校不用被拆了！肯定馬上能晉升為國家地標！真的，這是天大的消息！喂，班傑明，多拍點它們的特寫。」他又從背包取出一把木尺。「把它也拍進照片裡當比例尺，好嗎？」

班傑明掏出相機，連拍了六張。

「還有那塊鐵磚也別漏了，」羅伯說：「那是……」

「噓！」吉兒發出噓聲，並把手舉高。**「你們聽見了嗎？」**

他們全都暫停呼吸。

每個人都聽到門砰的一聲關起來……接著是腳步聲……那種每步間隔半秒的沉重腳步聲，是……**高個子大人**才有的腳步聲。

吉兒和班傑明心裡想的是同一件事。他們奔回那扇沉重的三角門，原先門開了六十公分左右。吉兒輕輕把門關上，班傑明再鬥好鐵鉤。羅伯呆若木雞的站在樓梯平台下方的正中央，臉色如兩週前班傑明救他上岸時那般慘白。「這太扯了！」他輕聲說：「哪有工友凌晨三點還跑來巡視校園？」

「沒錯，」班傑明咬牙切齒的說：「但商業間諜就會這麼做！關燈！」

他們聽見沉重的腳步踏在木頭地板上。班傑明感覺李曼從容不迫，他正在一樓的走廊上走動。雖然很難估算這男人的確切位置，聽起來他像是走在前廳，經過辦公室……沒錯。現在經過十二號教室朝圖書館邁進。腳步時常停頓……沒錯，是李曼在轉動門把，八成拿著手電筒照了每間教室和辦公室，確定東西一件也沒少。

班傑明恍然大悟，這證明了李曼沒有備用的警報系統。他只能靠傳統的監視方式，採用低科技的人力巡察。這表示他只是像警察在馬路上遛達，單純的巡視校園，而不是在搜尋他們的蹤影。

他的呼吸開始比較順暢了。

可是另一個聲音害他像被針扎到似的嚇了一跳。

「嗚……汪！」

是狗……還是一隻大狗！

吉兒想必也嚇了一跳，她在黑暗中撞到班傑明，然後緊緊抓著他的手。

這會兒他們全都聽見狗的腳步聲了。牠跟上李曼的步伐，長長的趾甲刮過木頭地板，人與狗的聲音愈加逼近。

接著，通往樓梯間的門開了，那隻狗近在咫尺，班傑明可以聽見牠在東聞西嗅的聲音，然後是李曼低沉的嗓音。

「麋鹿，發現什麼啦？」

這小小的鼓勵讓狗激動了起來，牠用力吠叫了兩聲。吉兒把班傑明的手扣得好緊，緊到他手指刺痛。

後來狗又安靜下來，只是聞來聞去。接著班傑明又聽到一個小小的尖銳聲響，就在他身後靠近地板的地方。有老鼠！

狗開始抓狂似的又吠又嚎叫，還像著魔似的猛扒地板。

「麋鹿，**過來！**」李曼咆哮：「只是老鼠……不好吃。」

他們頭頂的階梯傳來李曼的腳步聲，又重又響的踏過樓梯平台，往上一層的樓梯走。

狗兒哀鳴，繼續抓扒地板。

「麋鹿，過來！」

麋鹿的鼻子知道木頭後面躲的不只老鼠，但還是乖乖聽話，倉皇的爬樓梯找主人，趾甲喀嚓喀嚓的刮著地板。

大門咻的一聲開啟，他們聽見李曼踏著沉甸甸的靴子，完整的巡過二樓走廊一周。後來遠處的門砰咚一聲關上，接著是他走上三樓、重複巡邏的規律腳步聲。

老房子木材的傳音功效令班傑明大開眼界，他就像被關在一個大鼓裡。李曼遙遠的腳步開始敲打規律的節奏……想必從南面樓梯下來了。班傑明努力數著步伐，超過五十步，他肯定回到了一樓。

外頭安靜了幾分鐘，班傑明猜他走了……然後傳來一聲金屬的匡噹巨響，在大樓裡迴盪。

在那之後，鴉雀無聲。吉兒還是抓著他的手。他們全都在黑暗中多站了幾分鐘。

羅伯小聲的說：「我想他應該走了，你們說呢？」他打開手電筒的同時，吉兒剛好鬆開班傑明的手。

「剛才真的好險喔，」她說：「我以為麋鹿要拿我們當牠的凌晨大餐了！」

班傑明對她微笑。「不錯嘛，老鼠亂磨地板的時候，你沒有抓狂耶！」

「那不是老鼠啦，」她咧嘴笑著說：「是**我**用鞋子在地板附近弄出來的聲音。我想讓李曼聽見，把狗叫走。」

「算你厲害！」羅伯說：「假老鼠比真老鼠還強！」

班傑明說：「做得好！不過現在我們可以出去了嗎？傑瑞特，證據夠了嗎？」

答案是不夠，於是他叫班傑明再拍個十來張照片，特別是針對那塊沉甸甸的鐵砧和榔頭。

「這樣應該夠了。」羅伯說：「我想我們可以把照片拿給吉兒的媽媽看，或許把上週搬走工具的那個人也加進來，叫歷史協會派文物保存組的人過來。然後再帶他們進學校，領他們進密室，這樣就搞定啦，大功告成！」

班傑明鬆開門栓，把門打開。吉兒率先踏出房門，接著是羅伯。等班傑明出來關上嵌板時，發現羅伯站在防火安全門前，靜得像一尊雕像一樣。

「嗯，兩位，」他低聲說：「我們最好……嗯……」他話愈說愈小聲，最後只是把話含在嘴裡。

「怎麼了？」班傑明問他。

羅伯指向窗外，班傑明湊過來看。

一隻巨大的羅威納犬一邊嚎叫，一邊用身體衝撞加裝了鐵絲的玻璃門。牠的利齒用力闔上，和班傑明的鼻子距離只有幾公分。衝擊力道使門咯咯作響，班傑明趕忙跳開，不小心撞上羅伯，害羅伯踉踉蹌蹌的跌在身後的樓梯上。麋鹿放聲吠叫，再次撞擊大門。

班傑明的心開始噗通狂跳，連氣都喘不過來；不過他的思緒清楚冷靜得和冷鋒一樣，像冰一般銳利。

情況不妙。這隻狗把他們三個困在樓梯間了。雖然他們可以上二樓，再從南面樓梯下來，但到時候仍會碰到同樣的問題：麋鹿很可能只花十五秒就能跑到那扇門前，這樣他們根本沒有足夠時間安全抵達出口。

李曼不在大樓裡，這點可以確定，否則這樣鬧哄哄的，他早就跑來看了。所以……李曼把狗留在學校……這表示他很快（說不定隨時）就會回來找牠。

班傑明轉身面向羅伯和吉兒。緊急出口標誌的紅光照在他們臉上。「有什麼好點子嗎？」

羅伯搖搖頭。即使在暖色燈光下，他的臉色還是蒼白而冰冷。他大口吸氣。「我只是……真的很怕狗。」

吉兒好像一點都不害怕，發生這件事只是讓她很火大。「這再清楚不過了，我們得轉移陣地。如果能把狗引到樓梯間，我們就能逃出去啦！」

現在麋鹿用後腿直立，鼻子貼著玻璃，又是哀鳴又是狂吠的叫個不停。這讓班傑明很難專心思考。

吉兒看看門，再往上看看樓梯，最後視線又回到門上。「我想我剛好帶到對的祕密武器了。」她說。

羅伯振作了點精神。「麻醉槍嗎？」他說：「說不定有用喔。」

吉兒搖搖頭，淺淺一笑。「不是啦。」她把手伸向連帽運動衫的口袋深處，掏出一個白色小方盒。「牙線。」

羅伯盯著她。「你怎麼會帶……」

吉兒打斷他。「說來話長。班傑明，你和羅伯上二樓，繞到南面樓梯再下來一樓。我們要算準時間，所以你們到了之後發簡訊給我。等我回傳說準備好了，你們就把底層的門打開一點點，喊麋鹿的名字。」

窗外的狗聽見有人叫牠名字，歪了一下腦袋，怒氣騰騰的注視著樓梯間，然後再次狂吠嚎叫、又撲又咬。

吉兒繼續沙盤推演。「狗聽見你們叫牠，就會跑過去。」

這下班傑明明白她的計畫了。「了解。」他說。

這時羅伯也意會過來。「來吧。」他從背包抽出一把木尺。「這應該能派上用場。」然後他對班傑明說：「我們走。」

不到兩分鐘的時間，班傑明就傳來兩個字：**到了！**

吉兒走到門的左側，背靠著牆。她不動如山的站了將近一分鐘，讓狗稍微冷靜下來。接著回傳一個字給班傑明：**上！**

班傑明和羅伯兩人的聲音在走廊上迴響：「麋鹿，這邊，過來啊，小麋鹿！麋鹿過來，小寶貝，快來啊！」

這隻狗跑得和子彈一樣快，趾甲輕快的在地上飛掠，像個穿著笨重曲棍球冰鞋的小孩努力避免在上了蠟的木頭地板上打滑。

吉兒小心翼翼的推開她那頭的門，只打開一點點探測敵情。麋鹿跑掉了，聲嘶力竭的對著另一面樓梯吠叫。

她把門往外推開三十公分，再用木尺撐開門，將它悄悄塞到她能搆著的最高處。吉兒扯掉一段約一百八十公分長的牙線。牙線繫在尺上後，她又將線的另一頭圈在門的外側門把。從牙線盒冒出的末端也牢牢綁在尺上。吉兒急忙後退，像是漁夫放長釣線，把那根細細的纖維從捲軸抽出來。她站上樓梯平台，倒退著往上走十步。她打開二樓的門進入走廊，接著讓門自動關上，但還是用腳卡著讓門打開一條縫。她把牙線在手上繞了幾圈，輕拉牙線，將它收緊。

她用單手又發了一次簡訊：**停**。

南面樓梯的叫嚷聲嘎然而止，現在輪到她了。

「麋鹿！嘿，麋鹿、麋鹿、小麋鹿！麋鹿，來抓我啊。我在這裡，小傢伙，來呀！嘿，麋鹿、麋鹿、小麋鹿！」

她聽見狗又往她這裡跑，聽見牠拐過圖書館那個彎時，因為腳步太急滑了一跤，也聽見牠趾甲抓扒著地板的聲音愈加逼近；接著狗兒穿過門口，進入樓梯間，一次跨三階的奔上第一層樓梯，費勁的從胸膛發出低沉的嚎叫。

吉兒把牙線用力一拉，聽到木尺落在地上，接著一樓的門匡噹關閉。她在麋鹿用身體撞門那一刻，千鈞一髮的把門關上。

「麋鹿，你乖，你乖喔。」她對著門的彼端說，而回應她的只有陣陣嚎叫聲。她覺得這隻狗很可憐。她住在新罕布夏的姑姑也養了一隻羅威納犬，那是隻身材魁梧又討喜的寶貝。「小可憐，」她喊著：「沒關係……你的主人馬上就回來了，一定會的。」

想到這裡，她快步走向南面樓梯。

等她來到一樓走廊，另外兩位夥伴也從北面樓梯回來了。他們在門外。

吉兒跑來的同時，羅伯剛把繞在門把的牙線取下來。他跪在門前，輕輕拉線；班傑明則不斷敲打玻璃，讓麋鹿保持忙碌。羅伯從門底下小心翼翼的挪動木尺，然後把剩餘的牙線也扯了出來。

他們連停下來擊掌都免了，趕緊奔向美術教室，穿過走道，直接衝出南門。他們飛快的跑過歐克斯校長墓碑旁的照明區，一直跑到學校操場那棵最大的樹下，就是那棵超過一百五十年歷史的山毛櫸。他們躲進幽暗的樹影處才停下腳步。

「呼！」班傑明上氣不接下氣的說：「剛剛實在太刺激了！」

吉兒休息片刻，喘口氣，然後才說：「羅伯，我得向你道歉。

關於那間密室，你是對的，那裡絕對是我們目前找到最重要的地方。是你找到的，它一定能讓局勢翻盤。」

羅伯回話的聲音聽起來幾乎算是謙虛。「這個嘛，要是你今晚沒來，我和普拉特就會淪為狗食了，說不定會被押進警車呢！」

班傑明說：「聽著，我們得趁李曼回來之前離開校園。沿著碼頭回家怎麼樣？」

吉兒搖搖頭。「我自己回家沒問題的，根本不會有人發現我。」

「我只是覺得，我們應該互相照應，」班傑明說：「這樣就沒有人要獨自走路回家了。」

吉兒說：「那好吧。我們走。」

要不是天色太暗，班傑明可能會發現吉兒的臉頰微微泛紅。

如果光再亮一點，吉兒一定也會發現班傑明臉上的笑容。

16 情感連結

星期六早上十點十五分左右，羅伯的奶奶把班傑明送到帕森斯遊艇碼頭。他左搖右晃的沿著長堤走，上了時光飛逝號，打開艙口往下爬，先經過廚房，再穿過交誼廳，然後進入前艙。他把背包扔在甲板上，整個人像顆石塊重重倒在床上。

爸爸走到門口。「嘿，班傑明，昨晚在羅伯家好玩嗎？」

班傑明微微抬頭。「什麼？哦……哦，對啊，很好玩，很晚才睡……」他的腦袋再次往枕頭上倒。

爸爸面露微笑，關上艙門。

十二點十五分左右，班傑明開始揮打蒼蠅。牠一直繞著他的頭打轉。他把牠揮走，可是沒幾分鐘牠又來了，嗡嗡叫個沒完。

這時他才意識到原來不是蒼蠅。

他在床上坐直身子，嘴裡的酸味令他不禁皺起眉頭。他伸手去拿震動第三次的手機。吉兒傳給他和羅伯一則簡訊，只有簡短幾個字：**去收信**。

班傑明走到書桌前，僵直的坐下，打開筆記電腦。

有一封媽媽寄來的信，是兩天前寄的，還有一封航海用品的廣告，以及各式各樣的垃圾信，但有一封是……葛林里集團寄來的？

搞什麼……？

班傑明點了一下，開啟的信件躍於眼前。

這封郵件是寄到吉兒媽媽在歷史協會的帳號，然後吉兒又轉寄給他和羅伯。

這是一份新聞稿。

維吉尼亞州阿靈頓．葛林里集團懇請立即發布以下消息：

大船樂園來了！還有地下祕密通道展！

本集團旗下最新的主題樂園「大船樂園」，準備在明年六月於麻薩諸塞州愛居港隆重開幕。在此同時，我們很高興也很榮幸宣布一項極具歷史意義的重大發現。

我們近期在鄧肯．歐克斯小學的一座樓梯底下，發現了地下祕密通道的轉運站，其中包括許多來自南北戰爭前的古物。這次發現的古物，真實性毫無疑問。

葛林里集團就在今天與非裔美國遺產保存基金會、美國國家公園管理局，以及國家史蹟名錄的代表達成共識。我們保證會**原封不動**的保存這所老舊學校大樓中意義重大的區域，並且竭誠將這部分的建築納為歷史主題樂園的獨立展區。

歐克斯小學地下祕密通道之轉運站將免費開放給全美國公民，以及來自世界各地的遊客。我們希望每年有超過五萬名遊客能親眼目睹這戲劇性且意義重大的古蹟，藉此一窺祖國的過去，與我們一同默思非裔美國人追尋寶貴自由與尊嚴的歷史。

聯絡人：H.Robinson.Carling@GlennleyGroup.com

班傑明把這篇新聞稿讀了一遍又一遍，努力消化其中的意義。第三遍讀到一半時，他赫然發現一件事：**沒人轉欄杆！沒人去鎖三**

角鬥！

當時那隻大狗被困在樓梯間，對那塊木板又聞又抓，李曼回來在樓梯間找到狗，一定也發現了那間密室……然後整個葛林里集團火力全開。他們真有兩把刷子，居然反應這麼快；但話說回來，一個願意付錢給李曼這種人當駐點間諜、保障自身利益的公司，說不定早就研擬出一套對付各種可能阻礙大船樂園發展的方案，包括不惜把學校大樓納入地標。

班傑明很火大、很失意，像顆洩了氣的皮球，就算累得要死，還是無比難過。

昨晚是他們出任務的最高潮，本來大獲全勝，沒想到現在……他握緊拳頭，緊閉雙眼，忍住淚水，差點要哭出來了。

這時手機又響了，是另一則簡訊。這次是羅伯傳的：

看到葛林里寫的東西了，很無賴耶。沒啥了不起，只是一串廢話。我們還有時間，還有但書，還有一大堆鈔票，也有更多保護裝置。待會兒聊，**汪！**

班傑明露出笑容，但接著搖搖頭。羅伯這麼天才的小孩居然有辦法裝得像傻瓜。假如他沒看出這是個重大損失，他要不是笨到極點，就是在欺騙自己。

吉兒沒傳簡訊。她直接打電話來。

班傑明無法面對什麼精神喊話，所以按下拒接來電，讓電話轉進語音信箱。一分鐘後，他的手機叮了一聲，她留言了。

班傑明從書桌前起身，躺到床上，凝望著舷窗外灰濛濛的天空。他點了吉兒的留言，按下「播放」。

「嗨，班傑明。我剛才凝視水晶球，卻看到了你。別再為這件事難過了好嗎？我們昨晚沒被抓到警察局就已經很厲害了。至於忘記鎖上密室？這種事常有。就這樣囉，別放在心上。說到麋鹿？牠只是盡忠職守啦，總不能叫狗不當狗，對吧？李曼也是同樣道理。葛林里手腳這麼快，老實說，你不覺得還挺教人佩服的？總之，再打給我囉！」

班傑明深吸一口氣，再緩緩吐氣。然後他將手指滑到吉兒的號碼，按下「撥號」。還是把它一次了結的好，否則她會一直打來，直到他接電話為止。

「嗨，」她說：「我留言給你囉。」

「對，我收到了。謝啦。」

「羅伯跟你聯絡了嗎？」

「嗯，」他說：「你呢？」

「只有傳簡訊，說他不擔心。你相信嗎？」

「信是信啦……但我不知道他到底是太天才還是太白痴，才會那麼樂觀。也可能是他沒像我那麼關心這件事吧。」

「聽我說，」吉兒說：「我知道你對這件事真的很認真，但不能讓它這樣折磨你啊！況且，昨晚也不算是一敗塗地。」

「是嗎？」班傑明問：「怎麼說？」

「這個嘛，我們的任務是不讓學校被拆掉，對吧？現在知道大樓的西北角會永遠保存下來，這可是**大功一件**，不是嗎？」

「大概吧。」

吉兒沉默了片刻。「而且昨晚還是有別的好事發生啊。」

「什麼好事？」他問道。

「我在暗室握了你的手，整整五分鐘……雖然當時我很怕被狗咬成碎肉，再被送去警察局，不過還是挺妙的。整整五分鐘喔。」

班傑明臉上漾起微笑，接著笑了幾聲，這足以讓吉兒知道，她說的話把他逗樂了。

「很高興你把那個也算進『好事』，」他說完又接了一句：「不過……如果當時在你旁邊的是羅伯，你會不會握他的手？」

「也許會，」她說：「但感覺肯定不一樣。」

班傑明又露出微笑，不過這個笑容只留給自己。就這樣，他覺得吉兒將他從沮喪的情緒中拉了出來。

吉兒現在也知道他沒事了。

「那麼，」她說：「最晚星期一見，好嗎？」

「好。最晚星期一見。還有，吉兒，謝謝你打電話來。」

「班傑明，我也要謝謝你回撥給我。再見。」

班傑明放下手機，閉上雙眼，將交扣的十指枕在脖子底下。帆船在停泊處輕搖微晃，班傑明突然有種情感連結的感覺，同時也覺得逍遙自在。假如把時光飛逝號推離長堤，帆船可以在五湖四海遨遊。巴克禮海灣的海水與世界其他水域相連，都是一家子。

到了六月底，歐克斯船長小學到底還在不在？班傑明非常肯定的是，就算學校守護者們輸了這場仗，就算學校被毀、小鎮徹底改觀，那也不會是世界末日。

沒錯，他確實認為保住學校比較好，他的信念也不會因此而動搖，一秒都不會。

但他能做的，真的只有在過程中的每分每秒盡心盡力。這才是最重要的，甚至比最終的結果還重要。因為最終的結果並不只是取決於他。

學校的歷史是一回事，班傑明・普拉特的傳記又是另一回事。

此時此刻，班傑明不氣李曼，也不氣他的狗；他不氣葛林里集團請的律師團或其他想拆掉學校的鎮民；他也不氣爸媽把家弄成現在這樣。

班傑明睜開眼睛。頭頂舷窗外的風景換了一番面貌。有幾塊藍天，上面點綴著由南往北吹掠過的白雲。

看來，今天下午應該很適合出航。

學校是我們的❸

四乘四之後

文／安德魯．克萊門斯　譯／謝雅文

主編／林孜懃　內頁繪圖／唐壽南
特約編輯／楊憶暉　編輯協力／陳懿文
行銷企劃／陳佳美　出版一部總編輯暨總監／王明雪

發行人／王榮文
出版發行／遠流出版事業股份有限公司　臺北市南昌路2段81號6樓
電話：(02)2392-6899　傳真：(02)2392-6658　郵撥：0189456-1
著作權顧問／蕭雄淋律師　法律顧問／董安丹律師
輸出印刷／中原造像股份有限公司
□2014年11月 1 日　初版一刷
□2020年11月15日　初版五刷

行政院新聞局局版臺業字第1295號
定價／新台幣250元（缺頁或破損的書，請寄回更換）

ISBN 978-957-32-7512-1
遠流博識網 http://www.ylib.com　E-mail:ylib@ylib.com
遠流YA讀報粉絲團 https://www.facebook.com/yaread

BENJAMIN PRATT & THE KEEPERS OF THE SCHOOL:
THE WHITES OF THEIR EYES

國家圖書館出版品預行編目 (CIP) 資料

學校是我們的 . 3, 四乘四之後 / 安德魯・克萊門斯（Andrew Clements）著；謝雅文譯 . -- 初版 . -- 臺北市 : 遠流 , 2014.11

面；　公分 . --（安德魯 . 克萊門斯 ; 19）

譯自：Benjamin pratt & the keepers of the school : the whites of their eyes

ISBN 978-957-32-7512-1（平裝）

874.59　　103020070